CRAFTSMANSHIP

守藝工匠 II

香港手藝匠人精神

Rain Haze 繪著

非凡出版

自序

在久遠的時代，我們的祖先沒有太多工具和資源，他們就地取材，使用大自然的物料製作所需的生活用具。住在森林的人使用木頭；住在竹林的人使用竹竿；利用泥土製磚；利用沙粒燒製成玻璃；在石灰與沙子中加入石頭製作砂漿，再製成混凝土；一步一步親手建築起自己的家。他們利用蘆葦製紙；利用藤及各種草類樹皮編成器皿；用泥土製成瓷器；因應不同環境需要製作不同物品，以便利生活。前人們利用這些材料的特性，探索它們的極限，經過不斷嘗試，漸漸地摸索出方法，為後人留下了經驗和知識；這些製作出來的東西，就是工藝品。時代變遷，隨着工藝的技術進步與轉變，所製作的東西已不再只有實際用途，也對美與技法有了更高的追求。

我在二〇一二年初次接觸傳統工藝師傅，漸漸着迷和愛上探尋香港傳統工藝，發現師傅們面臨的處境——香港人普遍不認識傳統工藝，即使師傅們手藝精湛，也很少人會欣賞和珍惜這些工藝。老師傅們以往製作傳統工藝只是務求溫飽，而現在這些手工製作也逐漸被機器取代，有些人認為時代轉變，總會有些東西被淘汰，經濟掛帥的社會下，不賺錢的東西就是沒有價值。而年紀老邁的師傅們面對如此困境，依然繼續堅持直到最後一刻⋯⋯

為何他們會繼續堅持下去？

他們一生都做着如此一門手藝，對自己的工作一絲不苟、精益求精，經過長年累月鍛煉才能做出精湛技法，店舖背後的故事更是滿載情感和回憶，他們所做的器物已構成香港文化的一部分——是文化，是歷史，亦是先人們留下的智慧。工匠們傾注自己的一生，專注於製作工藝，就是他們的態度深深打動了我，也是這個年代所缺乏的。

而當工藝沒有繼承人，沒有記錄者，我們就遺失了屬於該年代工藝的歷史。工藝的失傳令後人不能從歷史中學習過去的技術，我們依賴機械的便利，忘了啟發創造力的才能，只能看着眼前已簡化的機械式作業。留下來的那些器物，我們無法知曉這些是如何製造，研究者只能嘆息及慢慢摸索，無法突破過去的技術。

在二〇一四年，剛好見到報章上的新聞，寫道「港式奶茶製作技藝」成為香港非物質文化遺產，猛烈發現這杯每天都能見到的奶茶，遲遲才有人重視，也反思以往的自己和很多香港人一樣，對於自己所生活的地方不太關心，內心默想：「遲到好過沒到」，我也想為這個城市做點事，利用自己的能力記錄傳統工藝。

近年興起手作文化，發現不少朋友對傳統工藝是很感興趣的。已知不少人默默推廣傳統工藝，我也希望藉着此書能拋磚引玉，盡一點微力，期許會有更多人懂得珍惜、欣賞、明白手藝工匠的價值和精神，從而有不同方式去推廣、保留、傳承傳統工藝。

在第一本《守藝工匠——香港傳統工藝面貌》中，特別着力介紹這些工藝的製作過程，惟要撰寫製作過程需要花費更多時間心血，只有短短一年寫作時間是做不到的，每一個工藝的學問基本上都可以結集成一本書。這本《守藝工匠 II——香港手藝匠人精神》，除了記錄店舖和傳統工藝，也特別寫更多師傅們的想法，老師傅們對自己所做的工藝的看法、對未來的想法、有沒有任何期望；另外可以見到比較年輕的師傅繼承了店舖，以及他們經營的理念。尤其是訪問繡花鞋師傅 Miru 時，聽到她如何為先達商店注入生氣，重塑品牌，改變傳統工藝的想法，也令我有啟發良多。

撰寫《守藝工匠》由搜集資料開始，到訪問、寫文、插畫都是獨力完成，其中遇到不少困難，這兩本書也受到新型冠狀病毒疫情影響下難以進行訪問，除了傳統工藝，有不少老店舖倒閉。經過這次出版的重重難關，也真令人耗盡心思，之後也不知會否有餘力繼續寫書。在此感謝非凡出版、編輯 Carman、各位師傅的幫助和體諒，順利完成第二本著作。

Rain Haze

目錄

以柔制鐵

手｜造｜白｜鐵

走過舊區、唐樓，不難發現日常生活中的鐵器：有鐵閘、門口掛着的鋅鐵信箱、風喉也是鋅鐵製的。未有塑膠之前，鋅鐵與白鐵受到大眾重用，它不僅耐用、輕巧，而且不易生鏽。家庭常用的飯枱盤、垃圾筒、水筒，街上流動販賣雪糕的雪糕箱都是打鐵師傅所製作。

後來塑膠出現，由於打鐵的成本較貴，也不能大量生產，而塑膠價廉物美，亦有鋅鐵輕巧不生鏽的特性，於是打鐵很快被取代。香港如今只有數間打鐵店，以及風喉打鐵行業依然營業。

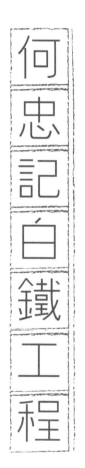

在深水埗舊樓之間的小巷，有一間白鐵店，於店門已能看見大大小小的白鐵箱、掛在店內的信箱、不同尺寸的飯枱等。一九三八年出生的何植強師傅，現年八十三歲。父親何忠從事打鐵工作，何師傅在二十歲左右跟隨父親學習打鐵，後來接手店舖，至今打鐵已逾六十年。

「何忠記白鐵工程」由長沙灣開店至今從未搬舖，過去有三、四位師傅工作，除了家品類，何師傅亦做過風喉生意。六十年代制水時期，家家戶戶都需要白鐵水桶盛載食水，白鐵水桶輕身、不生鏽，何忠記賣水桶生意蓬勃，直到後來塑膠出現，馬上取代了白鐵水桶。何師傅說：「我一天最多只能做幾個白鐵水桶，而塑膠行業不同，機器廿四小時也能運作，大量生產製造，做白鐵的效率完全比不上塑膠。」

七十年代何師傅做風喉，亦是打鐵生意最旺的年代。最初是人手打鐵，後來有機器輔助，一直到最後轉成內地生產，何師傅現在也慢慢做多了其他家品類的生意。

何忠記白鐵工程
地址：深水埗長沙灣道 151 號

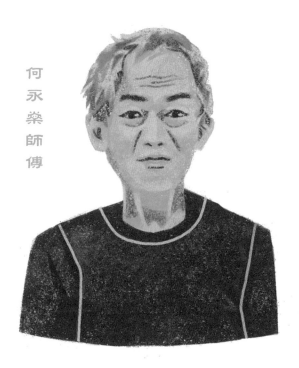

福利鋼鐵

何永燊師傅

　　在上環摩羅上街，有一位打鐵師傅朝八晚八工作，每日如是。何永燊師傅現年七十六歲，於一九四四年出生，十五六歲跟父親學師，接手父親的店舖。幾許搬遷，最後在七十年代搬到上環直至現在。

　　「當時很好生意，香港各行業正發展，爸爸也做很多水桶。」家庭和酒樓使用的水缸、鑊蓋、生活用具、鐵箱、信箱等都是鋅鐵製造。福利鋼鐵過去會接大機構的訂單，例如東華三院、《華僑日報》等，訂製很多

鐵箱。之後由於塑膠出現，打鐵工藝於九十
年代漸漸淘汰，也再沒人拜師學藝。

　　何師傅沒有收徒弟，他認為自己一人已
能負擔起小店舖，過去和現在不同，以前十
多歲已能學師，唯學師期間基本上沒收入，
現代人普遍不能接受這種條件。被問到打鐵
工藝一旦失傳，他會不會覺得可惜，師傅說
時代轉變，就會有事物被淘汰，無法避免。
現在的福利鋼鐵只接訂造生意，不會生產製
成品擺賣。

福利鋼鐵
地址：上環摩羅上街46號A地下

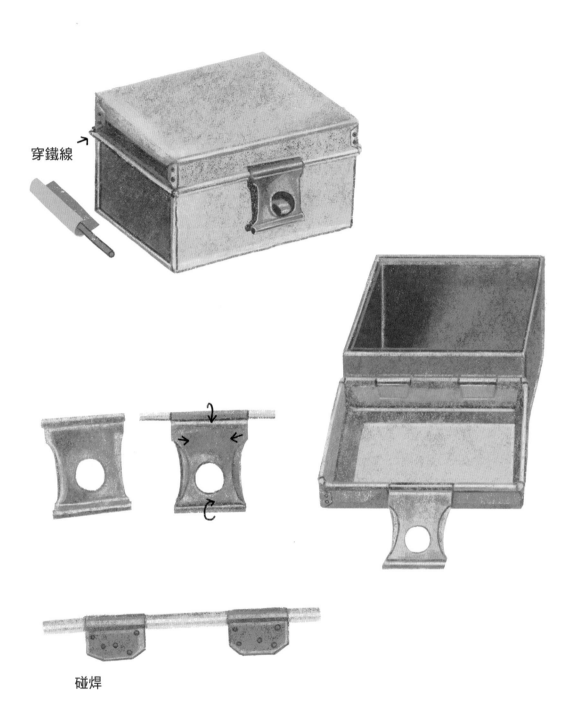

穿鐵線

碰焊

雖然打鐵師傅都稱打鐵工藝為「打白鐵」，不過師傅說打鐵有分不同材質：馬口鐵、白鐵、鋅鐵、銻片、鋁片、不鏽鋼⋯⋯也有師傅只打一種材質──鋅鐵。坊間常見的打鐵用品都是鋅鐵或白鐵製作而成，最簡單的分別為：鋅鐵帶有豐富紋理，白鐵則平滑無紋。

白鐵的工藝特色為鐵片的摺駁方式，白鐵不用一口釘就可以連接配件，這項技術稱為「摺疊」。摺駁方式也有不同的打法，如單骨、雙骨、雞公骨等。製作白鐵最為講究的為開料，也就是要準備、量度、繪畫、裁剪所需的鐵片形狀，預留適當之空間做骨位。另外也講究骨位的打法，是否夠穩固，整體是否工整等。

摺疊兩次的鐵片（雙骨）和摺疊一次的鐵片（單骨）扣在一起的骨位稱為單雙骨，是最常見的骨。

單雙骨

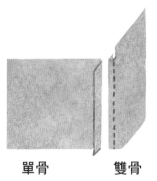

單骨　　　　雙骨

扣在一起

打白鐵工藝

打白鐵工序

① 量好、剪好需要的鐵片形狀，俗稱開料。

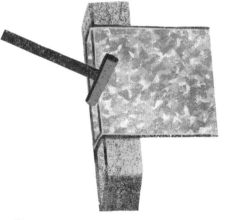

② 用鎚子揼出接痕使其摺疊，也有師傅使用木方來揼。

東洋骨

雙單骨

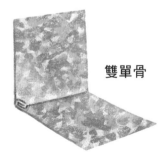

③ 不同的骨位：東洋骨（亦稱雞公骨）、雙單骨等。

木方

剪鉗

鎚子

鐵片

磯碼

樹頭

焊錫用火水爐

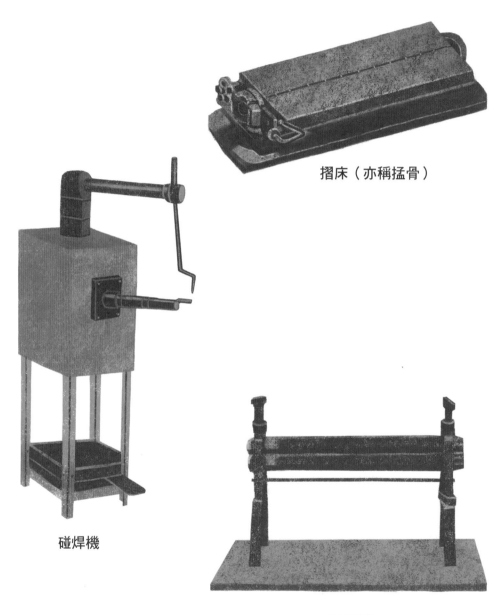

摺床（亦稱搵骨）

碰焊機

三星轆

扣骨

① 揼出兩個九十度摺位。

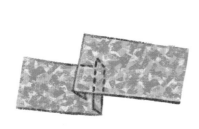

② 把鐵片反轉將兩個摺位扣接。

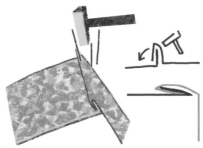

③ 拼合後把凸出來的摺位打平。

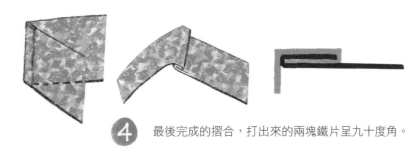

④ 最後完成的摺合，打出來的兩塊鐵片呈九十度角。

除了手捺，現今師傅都是使用摺床。

1 把鐵片放入摺床。

2 握把轉向自己，轉出想要的角度。

3 把鐵片拔出，這樣就完成一個摺疊了。

碰 焊

使用碰焊機可以把小塊的
鐵片固定。

基 碼

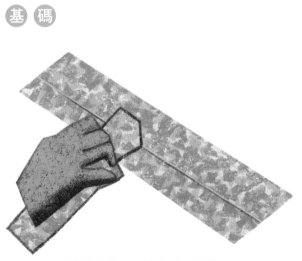

師傅製作的基碼用於畫線，在邊
角卡於鐵片上，一划就能迅速畫
出準確的線。

焊 錫

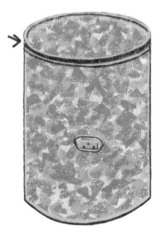

焊錫常見於接合位和箱子底部。

師傅直接使用鐵鎚揼入。

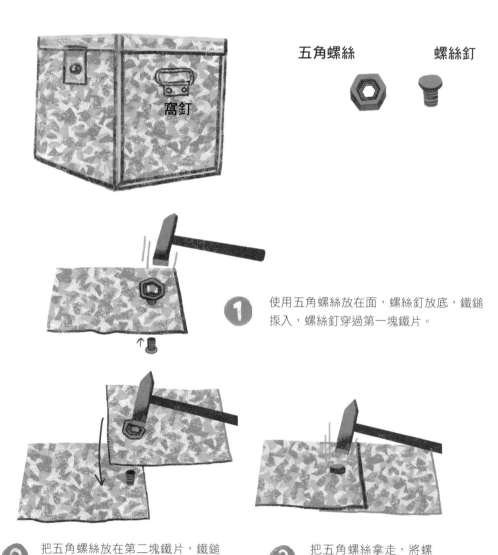

窩釘

五角螺絲　　　螺絲釘

① 使用五角螺絲放在面，螺絲釘放底，鐵鎚揼入，螺絲釘穿過第一塊鐵片。

② 把五角螺絲放在第二塊鐵片，鐵鎚揼入把螺絲釘穿過第二塊鐵片。

③ 把五角螺絲拿走，將螺絲釘揼扁，完成。

現存打鐵舖

香港的打鐵工藝已到黃昏，打鐵師傅們都相繼退休，筆者走訪香港各地探索，但可惜往往過了一兩年後就發現店舖不見了，有見及此，故整理一下筆者所知現存的打鐵店舖。

明記 不銹鋼片工程

地址：上環東街與樂古道之間樓梯位舖

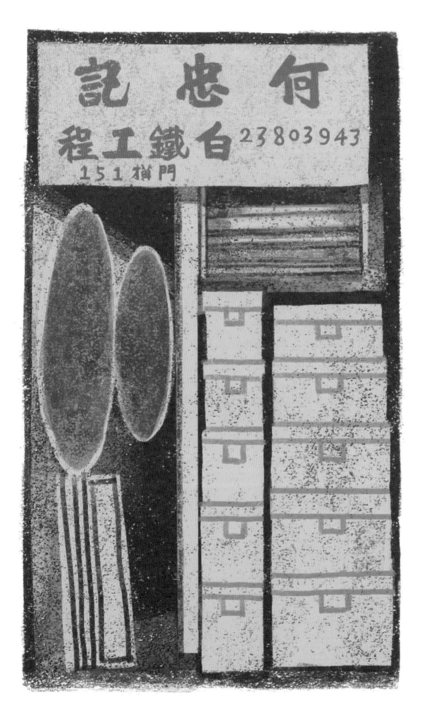

何忠記白鐵工程

地址：深水埗長沙灣道 151 號

錦利鋼鐵用品工程有限公司
地址：上環文咸東街 60-62 號金閣大廈地下
C4-C5 舖

何伍記鐵鋼工程
地址：深水埗石硤尾街 19-19a 號
長沙大樓側後巷

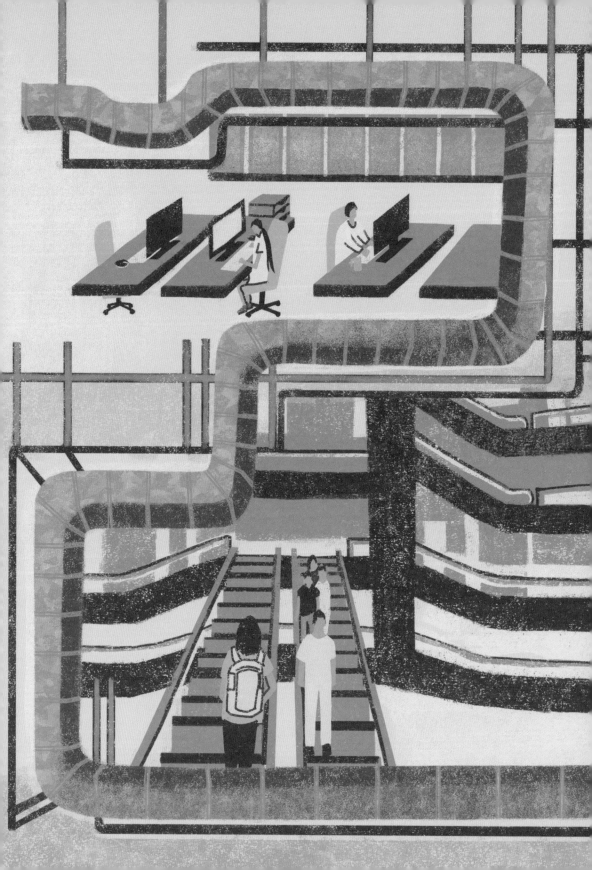

風喉打鐵

同樣是打鐵行業，也有不是人人可觸及的製成品，那就是在商業大廈、商場、店舖裏必不可少的鋅鐵冷氣風喉。俞國強師傅由十八歲左右開始學師，至今做了三十幾年，與製作日常白鐵用具的師傅不同，風喉行業仍然興盛。

俞國強師傅說：「當年對讀書沒興趣，讀書不成，經父親朋友介紹入行，做到現在。」俞師傅由最初甚麼都不懂，跟隨師傅工作。最初的一個月「看」師傅工作，遞遞工具、搬搬東西，之後學到製作概念，學習埋喉、摺喉，做久了就學開料等等。俞師傅邊做邊學，師傅教完就憑經驗自己做。當年也有學徒工作，現今則難以請人。

俞師傅回想當年在七八十年代公司有很多生意，商廈林立，而大廈都一定需要抽風系統、冷氣。現今的情況沒有分別，唯一不同為開料轉向內地訂料，送來香港聘請師傅裝嵌。

安裝風喉的工程時間各有不同，一間店舖大約需要一個月時間，因為安裝風喉需要與其他工程配合，例如做了一部分風喉後，就要等一個星期待裝修師傅完成天花和電燈，才可繼續做風喉，除了電燈，還有消防喉、消防花灑頭等。也有情況是其他師傅難以配合，或客人不喜歡，就要重做。

俞師傅認為，做風喉可以隨時變動，是優點亦是最大的缺點。消防喉、燈槽有固定尺寸，風喉則不同，可以改變尺寸，因此需要與各方面作很大的協調。

除了風喉，俞師傅在業餘時間也有做家品類白鐵。俞師傅說，二〇一〇年開始，聖雅各福群會找師傅做傳統信箱，他才開始想到打造日用品。師傅也跟機構的幼稚園工作室合作，創作各種各樣的東西：小信箱、信箱卡片盒、小飛機飾物、賀年全盒和椅子等。除了開班製作鋅鐵物品，向大眾推廣傳統工藝外，亦把傳統工藝師傅的價值觀、師傅們的工作態度、一生專注與精益求精的精神帶給大家。

俞國強師傅

風喉製作

1 度位：由於看圖紙會有差異，需要在現場量度實際尺寸。例如是圖上寫風喉要直行的，可能實際上有其他東西在該位置，需要升高跨過再降低。

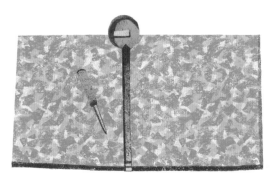

2 開料：畫樣後剪出。畫樣是困難的工序，需要有經驗的師傅處理。以前不會用筆畫，是用雪插刻畫。

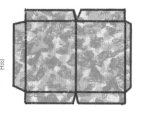

3 摺骨：摺出各種骨位，風喉通常使用東洋骨，偶爾需要使用扣骨。

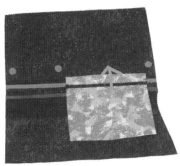
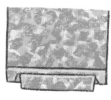

東洋骨

④ 埋喉：把鐵片接駁成
立體形狀。

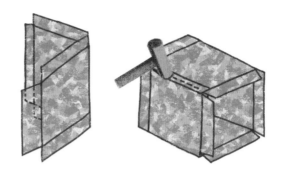

⑤ 駁喉：接駁成風喉，分
成雙單、熨骨和法蘭。

法蘭

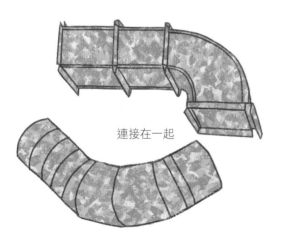

連接在一起

⑥ 裝嵌：在現場做裝嵌。

⑦ 檢查：檢查後沒問題就完成。

風喉有分圓形和方形，不同形狀亦分成各種部件，方形如：彎頭、蝴蝶頭、之子、刁士等。通常圓形是做高壓喉多，大的風壓需要「谷風」，要做大風壓比較費力，因為風壓大漏風的話會很承受不着，相比低風壓如有漏風則沒太大影響，要測好有沒有漏風。不過方形也是能用於高壓喉，視乎客人的要求。方形有四條邊，要細心做好「唧膠」，做不好就會漏風。

方形

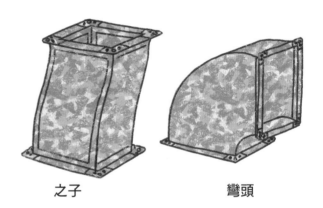

之子　　　　　　　　　　彎頭

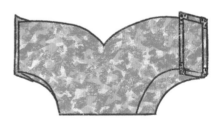

蝴蝶頭

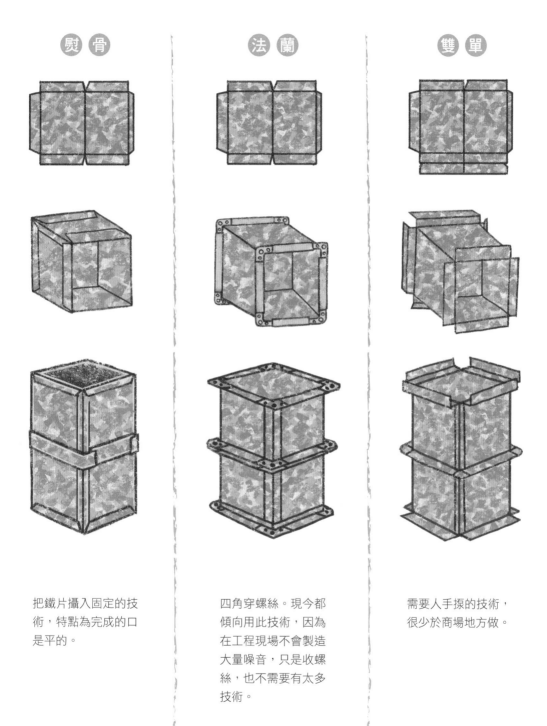

厨骨

把鐵片攝入固定的技術，特點為完成的口是平的。

法蘭

四角穿螺絲。現今都傾向用此技術，因為在工程現場不會製造大量噪音，只是收螺絲，也不需要有太多技術。

雙單

需要人手揼的技術，很少於商場地方做。

東洋骨 （ 亦 稱 雞 公 骨 ）

東洋骨

2 分   1 吋

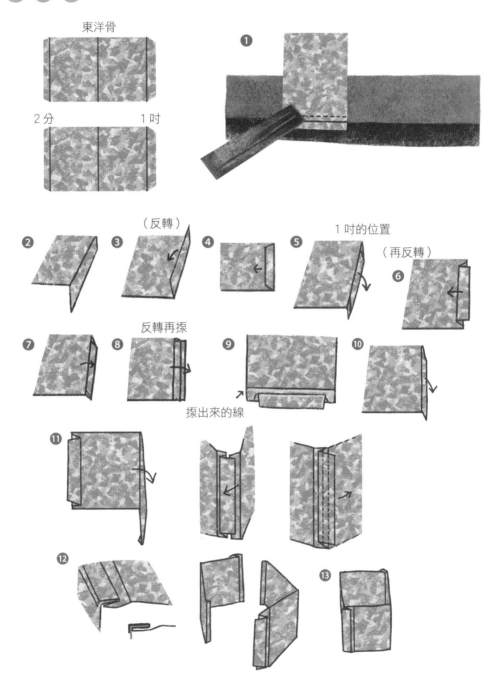

❶

❷ ❸ （反轉） ❹ ❺ 1 吋的位置

（再反轉）

❻

❼ ❽ 反轉再揼 ❾ ❿

揼出來的線

⓫

⓬

⓭

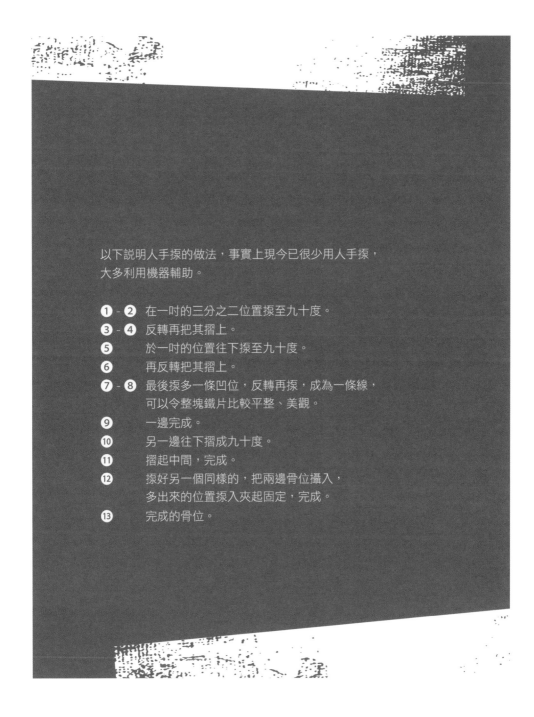

以下説明人手揿的做法，事實上現今已很少用人手揿，
大多利用機器輔助。

①-② 在一吋的三分之二位置揿至九十度。
③-④ 反轉再把其摺上。
⑤　　於一吋的位置往下揿至九十度。
⑥　　再反轉把其摺上。
⑦-⑧ 最後揿多一條凹位，反轉再揿，成為一條線，
　　　可以令整塊鐵片比較平整、美觀。
⑨　　一邊完成。
⑩　　另一邊往下摺成九十度。
⑪　　摺起中間，完成。
⑫　　揿好另一個同樣的，把兩邊骨位攝入，
　　　多出來的位置揿入夾起固定，完成。
⑬　　完成的骨位。

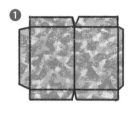

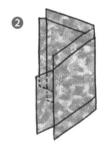

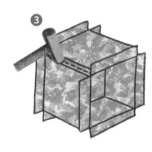

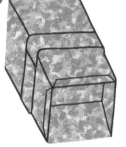

❶　　　剪好的鐵片。

❷　　　摺成九十度角的模樣。

❸-❹　把兩塊相同鐵片合成方形。

❺-❻　風喉的連接是攝入鐵片以固定。

❼　　　完成！

法 蘭

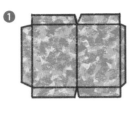

①

②

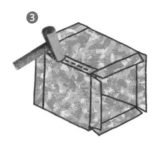
③

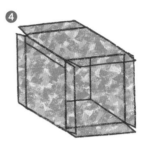
④

⑤

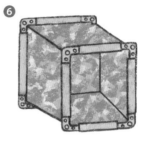
⑥

⑦

① 　剪好的鐵片。
② 　摺成九十度角的模樣。
③ - ④ 　把兩塊相同鐵片合成方形。
⑤ - ⑥ 　風喉的連接是加上框架，之後用螺絲固定。
⑦ 　完成！

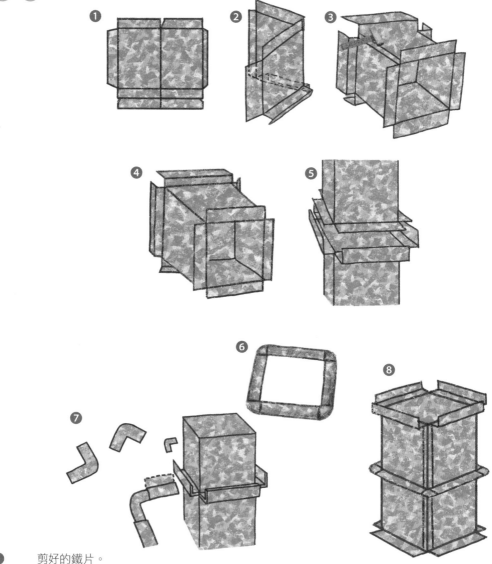

❶　剪好的鐵片。

❷　摺成九十度角的模樣。

❸-❹　把兩塊相同鐵片合成方形。

❺-❻　風喉的連接是加上配件角仔，揼好邊夾着固定。

　　　（也有一種叫蟹抓角，做法更為複雜，現今已不再做蟹抓角的做法。）

❼　接合完的風喉邊的模樣。

❽　完成！

摺 床

把鐵片攝入機器，轉動圓環升降壓板夾住
鐵片，握着機器底下把手往上提起，就能
摺出不同的角度。

三 星 轆

把鐵片攝入機器，轉動手把
輕輕鬆鬆就能把鐵片捲曲。

後記

　　在尋找打鐵師傅期間，經常有感慨的時刻，當筆者到達西貢的舊墟街市，想拜訪那兒近百歲的打鐵師傅時，由於網上缺乏相關資訊，到了那邊筆者才知道師傅原來已去世兩年。接着筆者到油麻地、深水埗、上環尋覓打鐵店，但店舖比數年前更為稀少，大部分師傅都已白髮蒼蒼。

　　時代轉變，有很多傳統工藝漸漸消失，左邊一間，右邊一間，很可能一年後就會靜悄悄地結業。雖然師傅們大都願意接受採訪，但總會説怕説錯話、覺得麻煩，有師傅更説：「這行並沒有甚麼大作為值得去寫。」筆者認為他們小看自己了，不論做着甚麼工作，都是社

會的一分子，影響着旁人、影響着社會。他們精湛的手工藝更構成了香港文化的一部分，文化和社會連連相繫，這不是單以人的學歷和資產可量化的價值。我們日常看到的打鐵信箱，經過歲月洗禮，依然別具特色，可是同樣的手藝，或許在不久的將來就會失去，未來只能以粗製的手工或機製模仿，甚至只能從照片中回味那份手打白鐵的手藝，在腦海想像師傅當時執着的匠人態度。

跟他們聊聊天細訴打鐵故事，有師傅拿出未有塑膠前的打鐵製品，說着過去的年代打鐵是如何興盛，細數從前，他們的態度都始終低調，默默做着自己的手藝。

百花齊放

花｜牌｜紮｜作

提起花牌，有很多不了解它的人認為花牌只在喪事場面出現，腦海總浮現不吉利的畫面，其實花牌更多用於喜慶節日，具有吉祥、祝福的傳統文化意義。

只要細心觀察，便會看到店舖開張大吉、節慶活動時街道上聳立的花牌，偶爾亦能看見賀壽、宴會的花牌。到了傳統節日活動，如太平清醮、盂蘭勝會、搭棚開戲，就能看見數量繁多、場面盛大、氣勢磅礴的花牌。到了夜間，一盞盞的花牌燈泡閃爍，看起來像連起來的繁星，非常壯觀。花牌更是香港獨有的傳統文化技藝，屬香港非物質文化遺產之一。

花牌多採用鮮艷顏色，除了有引人目光的廣告作用，也像是分享籌辦者們的喜樂一樣，散發着正面、濃烈的熱鬧氣氛。而花牌師傅要掌握的技術很廣，竹紮、設計、書法、搭棚統統都要懂，在材料選擇上、顏色配搭都有所演變，例如最初是用鮮花裝飾，但因為鮮花很快凋謝而改用紙花，但紙花遇水會掉色，後來就改用鍮花。

榮基花牌前身名為「蔡創花店」，於六十年代由蔡榮基師傅父親蔡創先生創立，後至八十年代取名為「榮益花店」，到一九九八年蔡榮基師傅接手事業，改名「榮基花牌」至今。

HONG KONG
LIVE IN LOS ANGELES
香港活現洛杉磯

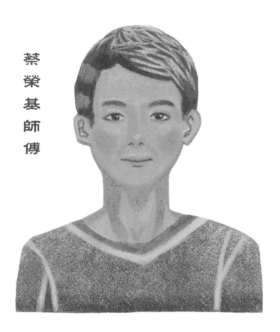

蔡榮基師傅

　　蔡榮基師傅年幼時，父親是做花牌和搭戲棚行業，有時父親會把花牌工作帶回家做，蔡師傅自小便幫忙撕花、做紙花，長大一點就負責做花牌，在他六年級的時候，親自完成了第一個三層樓高的巨大花牌。蔡師傅於一九九二年左右完成學業，恰好父親的花牌公司缺人手就加入工作了。

榮基花牌的舊照片,師傅製作過
的盂蘭勝會、太平清醮花牌。

榮基花牌過去製
作的大型花牌。

香港的花牌工藝差不多有一百年歷史，蔡師傅說翻查資料，最早在二十年代已經有花牌的形狀出現。當時的排檔很簡陋，附近都是田地，店主在店舖上掛着幾個牌，寫上幾個字就是慶祝用的招牌。三十年代，招牌加上紅色布塊，增添氣氛，也開始有花牌的特徵。四五十年代慢慢發展至今，才有現今的花牌形態。二十至六十年代花牌上用鮮花，六十年代開始轉用紙花，九十年代轉用鉻花。蔡師傅說：「最初花牌比較樸素，後來有些用綿花字、立體屋頂，不過現今沒有了。」

以往做花牌多是宣傳，開張、賀誕、慶祝國慶等，現今則更多元化，可以在公司週年晚會、拍照用的佈景、結婚、打醮、就職典禮等等場地看到。

蔡師傅坦言現今很多花牌不如以往的高質素，品質退步了，材料上也有轉變。以前的鉻紙可以做到一個月不褪色，現在則不能。現今選用的油漆品質也很差，以前會選用日本、英國製造的油漆，之後因控制成本改用新加坡、台灣的油漆，後來更使用內地的廉價油漆，最後內地的大廠商不接受訂單、只剩二三線的小廠做，油漆顏料既淡又不能防水，甚至用手摸摸就會掉色。

現今的限制多，做花牌前需要申請，但也可能不批准。除了申請，也要買保險和登記搭棚的牌照、相關的證明，同時要評估風險，例如是地點會否多人流導致危險發生等。以往師傅要到現場視察，但現在人人手機在手，從相片就能決定該位置能否能裝花牌了。

說到花牌上的文字，現在多是印刷電腦字，印刷後再以傳統的油漆、金粉方式畫上。雖然是電腦印刷，但蔡師傅對橫額布也有所要求，必然會挑選好的、厚身的布料。師傅認為花牌的背面雖然沒有人會主動留意，但也要做出好品質，整齊工整。而他說鉻花全部都是自家手摺，而不是現成買來，人手摺能做到朵朵一樣，比較美觀。

蔡師傅希望能有更多的創新花牌，除了添加新元素，傳統和過去的做法例如是紙花、綿花字也要懂得做。新款式例如是霓虹燈，要多方面測試，也可能要消耗大量成本、失敗多次才做到。師傅認為 LED 燈的效果比較生硬，而霓虹燈管因為有火焰效果，會比較有溫度。

蔡基花牌有廿多款龍的龍柱。

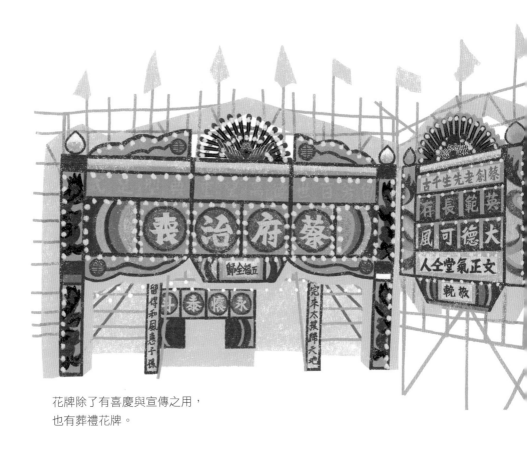

花牌除了有喜慶與宣傳之用，
也有葬禮花牌。

外國市場

　　除了香港，蔡基花牌在二〇一四年打入外國市場，透過藝術團體、西九文化中心介紹師傅為美國的史密森尼民俗節（Smithsonian Folklife Festival 2014）做花牌。然後二〇一六年到法國波爾多（Hong Kong・LIVE in Bordeaux）的紅酒節製作花牌舞台，也到內地製作花牌。蔡師傅説：「花牌要入口美國很麻煩，竹入口要做防蟲、工序非常多，給予的時間很急，所以當時大膽用不鏽鋼製作花牌。入口日本也非常嚴格，只要在竹內找

到一隻蟲，整個貨櫃都要銷毀。所以在美國、日本製作花牌，有時要購買當地的物料。」

客人要求各不同，有些要美觀簇新，有些要型格、傳統之餘也有新元素，有些則要高規格的傳統。師傅說他只會選擇有要求的客戶，預計到客人要求的效果不好的話，他寧願不接，因為怕影響到自己招牌。蔡師傅笑言：「最重要是要做得靚，做得好的話，客人見到花牌好興奮，我就覺得滿足。」

榮基花牌現今有五位師傅在公司內做花牌、三至四位戶外工作、兩位文書、兩位同事做釘花。現在沒有了寫字師傅，也請不到了。

蔡師傅坦言不想子女繼承，因為做花牌是很辛苦的勞動行業，日曬雨淋，也有一定的危險性，一般人過年或節慶放假，花牌師傅卻要忙碌工作。人們常說做地盤紮鐵比花牌高工資，做花牌又辛苦考工夫，還不如做紮鐵。不過如果花牌能得到大眾重視，收入公平，自然就會吸引到人入職。

榮基花牌（香港）有限公司
地址：香港元朗宏業東街 27 號麗新元朗中心 8 樓 11 室
電話：24798227/24782056

李炎記花店

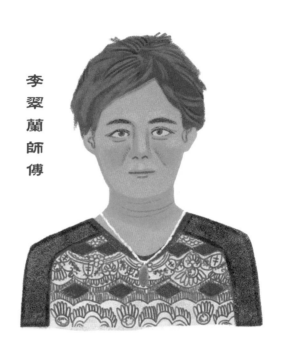

李翠蘭師傅

Andy 黎俊霖師傅

李嘉偉師傅

李炎記於一九五四年由李炎所創立，後來傳給女兒李翠蘭（蘭姐），蘭姐工作多年後，有感健康大不如前，家族無人繼承，遂於二〇一四年將生意交予繼承人黎俊霖和李嘉偉接手。

保留傳統，做到高質花牌

蘭姐從懂事就開始在李炎記幫忙工作，一開始做紙花、長大點就學做花牌，直至十二三歲正式到店舖工作。蘭姐說：「當年也有做餐飲到會生意，我背着砂煲爐具碗碟、枱椅到別人家煮食。以前的人在圍村結婚，就會在圍村大空地擺酒，一大班人搬枱椅碗碟，即場煮食。接觸多了結婚場合，發現客戶也有訂花牌的需要，便也做起花牌生意。」後至六十年代茶樓林立，到會的生意變少，李炎記轉成主力做花牌生意。

工多藝熟

蘭姐到店裏主要做寫字工作，看父親寫字，一個字要如何安（結構）、勾、筆掃要怎樣轉，漸漸地把父親獨有字體學來繼承下去。「爸爸不會說出口這邊那邊要怎樣做的，靠自己去學。做錯了並不會責罵，也不會提點要怎樣做才對、哪部分做得不好之類的話。自己也知道有哪兒不好，就會自己改。」

李炎記過去製作的花牌。

蘭姐説在四十年代已有人製作花牌,可是從何時開始就無從得知,但她發現很多舊電影中都能看到花牌,也許花牌有更長的歷史。最初的花牌很簡單:沒有龍柱,形狀通常是圓形或四方,現今的花牌則比較大型、有分高身、闊身的形態。在五十年代,李炎記製作花牌時已經是用紙花,而鮮花則是用於放在門口的小型企牌。材料上也改變許多,例如以前是棉花字,底面用鍟紙做。大的棉花字是用一種名為「茜草」的植物作底,茜草是一支支長身綠色的植物,有毛可以黏着棉花,而棉花是使用棉胎用的棉花。用茜草作底面很考功夫,因為不能在上面寫字,要將棉花黏進入去砌出字來,用竹篾固定棉花,再鋪一層棉花在面,掃至平滑,再用噴槍噴上顏色,最後在沒有字的其他部分鋪上棉花,形成字有色,外圍白色的效果。

蘭姐所做的手寫字。

看蘭姐示範寫字,筆掃會有不同變化,會邊寫邊調整。

第三代繼承人

後來蘭姐自覺年紀大、身體頻頻出現毛病，雖然對店舖心心念念，但因找不到接班人，打算忍痛結束營業。惟轉機出現，在蘭姐跟搭棚師傅閒聊時，搭棚師傅認為結業這個決定很可惜，便介紹了自己的徒弟黎俊霖（Andy）師傅，以及做過花牌的李嘉偉師傅給蘭姐認識，相處後雙方都覺得合拍，蘭姐翌年便將李炎記轉手給兩位年輕小伙子，自己退下前線工作。黎俊霖師傅負責對外的工作：聽電話接生意、安排工程、製作組件，而怎樣排列花牌字、內容字、印橫額等則是李嘉偉師傅負責。雖有分工，不過兩人也是內外都會做。

黎俊霖師傅說：「我最初做搭棚，師傅介紹我到蘭姐店舖工作，我乍聽下也想嘗試下其他行業，而且搭棚是技術性行業，即使花牌做不來，我也可以回去搭棚工作。於是就在二○一四年開始接手李炎記，一邊做一邊學。」Andy說，因為接手時蘭姐已經是半退休，很多工序都不能再依賴蘭姐落手落腳負責，為了維持店舖的運作，他們找了一些方法去彌補自己不足之處，例如花牌上的手寫字。

在 Andy 接手後，發現過去由於人手的問題不能接太多生意，主要是人手寫字需要很長時間，而現今的客人要求的交貨時間變短，於是他決定嘗試轉用印刷字體。字體有電腦字體，也有蘭姐手寫字體的電腦版本，各適其適，可根據不同情況和要求使用，常見的「新張誌慶」、「生意興隆」等常用字會用蘭姐的字體，一些對傳統標準有很高要求的客戶，更會指名請蘭姐寫字。

後來，兩人接手後第一年申請了龍柱圖樣的版權，後來更成為李炎記的「招牌」。

龍柱

Andy 坦言，剛接手時接了一個急件，但時間趕急，經驗更是不足，最終成品質素欠佳，在業界引起很大迴響，甚至影響了李炎記多年的招牌，Andy 心感內疚，自此下定決心要不斷改善自己的技術，以傳承花牌工藝。

他做過一些創新的創作，例如把花牌比例縮小至室內使用，也有為展覽、商場、電視台等不同場合做花牌，但後來仔細思量，認為如果不停以這個方向發展，最後只會為了創新而失去了花牌的文化意義，擔心大眾遺忘花牌的傳統價值。Andy 看到以前有很多造工精緻的優秀花牌，反而現在手工優良的就買少見少。Andy 想要做過去的立體花牌：「有時候，創新是比較容易的，要做回以前的花牌水準卻很困難。過去花牌行業百花齊放，很多做花牌的師傅也做紙紮，懂得非常多工藝，但是現在都分開不同行業。」

孔雀是用紙紮工藝去製作，為了能使用更久，會再加上鐵線。

龍柱的龍樣以鑿洞方式複製，就可以跟着畫。

Andy 把很多過去李炎記師傅做的作品進行翻新。

李炎記花店
地址：新界元朗舊虛南門口 29 號
（即南邊圍停車場直入大榕樹）
電話：2476 2549

每個花牌都是由多個組件組合而成。

王朱

鳳頂

圓包

屆十 長 村某某某港香

贐清平太

佑 楣 神安民泰國

賀發

花牌公司製作

兜肚

龍柱

花牌製作工藝

支架

花牌利用沙白竹（曬衫竹）製作支架，最後蓋上文字及裝飾，能重複使用約十年。在此介紹不需要組合的企牌做法。

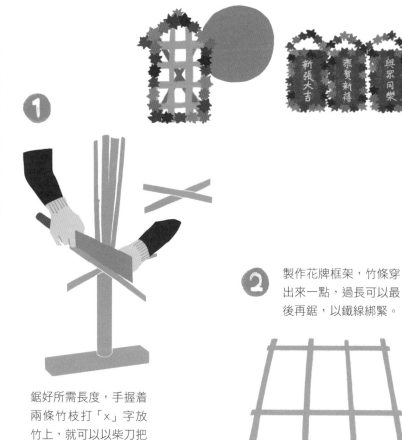

① 鋸好所需長度，手握着兩條竹枝打「x」字放竹上，就可以以柴刀把竹劈開一分為四。

② 製作花牌框架，竹條穿出來一點，過長可以最後再鋸，以鐵線綁緊。

3 製作支架如圖，注意竹
子正反面。

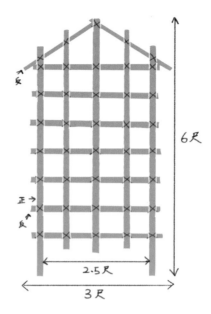

6尺

2.5尺

3尺

綁 鐵 線 方 法

拉緊

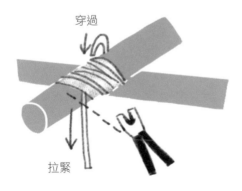

穿過

拉緊

拉緊

十字竹子的綁法：綁「x」字，再
在底面竹上繞幾圈，插入 x 字鐵線
收尾打結，拉緊。當兩支竹角度呈
四十五度就只繞圈，最後插入鐵線
收尾打結，拉緊。

4 把支架背面的竹竿綁好。（原條竹）

支架背面

原條竹

5 鋪上鐵網，鋪到上面，三角位不用鋪鐵網，多出部分再剪掉。

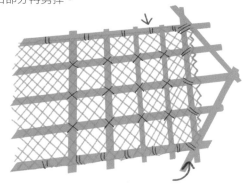

6 鋪上兩層報紙，注意要用常見的吸墨報紙質地，不能用光面的雜誌紙。

兩張 兩張

兩張 兩張

用竹篾在竹和竹之間十字位，四十五度角插入，成「x」或菱形，插好整個面。

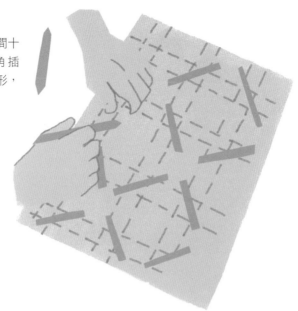

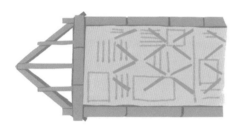

8 外圍綁上木條，支架完成。

9 直接在銻紙上以磁漆寫字，四邊插上竹篾固定。木條四邊用釘槍釘入銻花，完成！

花牌都需要組裝，當中支架做法差不多，但做法更複雜，之後也要裝上燈泡或
LED 燈。圓形支架選用的木條較短，鐵線為圓形，也有用正方支架製作，插上圓形
鍚紙的做法。

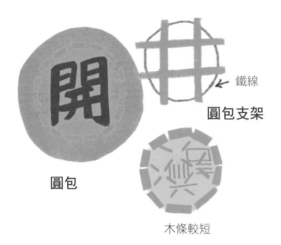

圓包

← 鐵線

圓包支架

木條較短

也有用正方支架製作，
插上圓形鍚紙的做法。

↑
面頭的皺
褶最多

鍚花是以三層鍚紙製
作，弄出皺褶，用釘書
機釘固定。

文字

以磁漆寫字，各家不同做
法各有特色。

龍柱孔雀等裝飾

各家有着不同的自創圖
案，手繪鋅片製作。

搭棚

　　花牌完成之後，另一個難關就是安裝了！事前需要搭棚，當貨車將物料運往現場，師傅就開始把組件一件件安裝上去。在這段時間，師傅要長時間站在棚架上工作，沒有休息的空隙，加上在烈日下暴曬，非常吃力。掛上花牌需時一至二小時，由上而下逐步安裝，安裝時要注意有沒有擺齊，一不小心反轉就要折件重來，不過同時有人在地面負責監督檢查，跟竹棚上的人溝通，確保不會出錯。

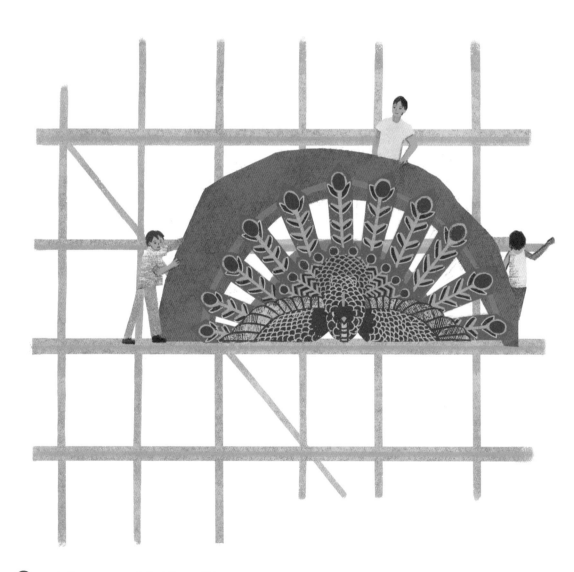

後記

　　之前參加一個社區機構舉辦的花牌工作坊，每星期跟蔡榮基師傅學做花牌，一班人從零開始、由一支竹到完成花牌，一共做了五天。一個花牌需要五六個人每天用九小時製作，每次雙手都有麻痺的感覺，雖然辛苦，但過程確實很有趣，同時想到花牌師傅每天都要做這些繁重的工作，頓時心感佩服。蔡師傅多才多藝，寫書法也很熟練漂亮。

　　可惜工作坊最後一天筆者沒空，沒能夠看到蔡師傅搭棚把花牌掛上呢，可算是一個小小遺憾。

參考書目

曾兆賢、楊煒強：《花牌》，香港：香港兆基創意書院出版，2021 年。

栩栩如生

紙 | 紮 | 藝 | 術

香港有不少傳統風俗，其中大眾比較避忌，但無可避免會接觸的，可算是紙紮品了。每逢清明節、重陽節、孟蘭節的祭祀活動，我們會到紙紮店購買香燭、衣紙，以焚燒給先人使用，背後亦是象徵着尊敬與孝道。除了以上活動，道教的殯葬儀式，除了金銀衣紙，必須用到大型紙紮品，金橋銀橋、佛船、妹娣等，也有不少人會訂製先人生前常用的物品，讓先人能在死後世界繼續使用。這些紙紮品用心製作，背後需要師傅多年的工藝經驗。時至今日，雖然紙紮店不至消失，但老一輩的師傅已寥寥可數。

夏中建師傅於一九八一年開業紙紮店天寶樓，歷經數次搬舖，由油麻地起家，因加租遷至中環，再到西營盤現在的地點。

鄰近西營盤的天寶樓扎作，走上一段斜坡樓梯，就看到只有字框的低調招牌，在角落位置開店。店門口放着吸睛的大花燈，門內外都放着製作中的訂單，有七位師傅在店內工作。

天寶樓扎作
地址：西營盤第二街 1-11 號東祥大廈地庫 C 舖
電話：2545 2161

店舖內燈飾、宮燈、獅頭龍頭、花炮、士大王、先人祭品全部都有，基本上與師傅溝通好，甚麼都可以做。

花炮

巨形的兔子燈籠

妹娣

名

天寶樓造

手推車

舞獅

老虎

色士風

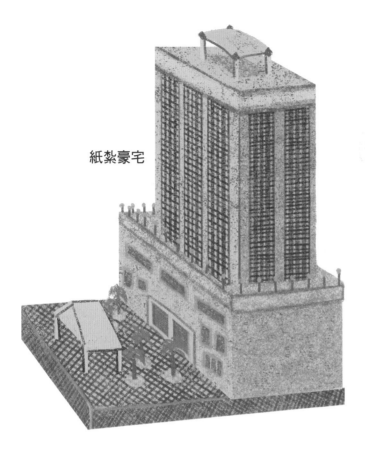

紙紮豪宅

一碟食物

工具箱

私家車

椅子

尋師之路

夏中建師傅在舞獅家族出生，現年六十歲，做了紙紮四十多年。家族在舞獅比賽拿過很多屆世界冠軍，舞獅隊遍佈世界各地，門下有很多徒弟徒孫。夏師傅從小就學舞獅和打功夫，亦幫忙管理獅頭：「新的獅頭買回來放在紙箱保存，在重要場合才拿出來用。用久了的獅頭用來『採青』，更久的就在下雨天時拿出使用，而殘舊的就用來練習，這樣一個獅頭可以用到十年以上。」夏師傅從小修補獅頭，以減少損耗，希望能使用得更久，同時漸漸對紮作產生興趣，後來更決意拜師學習，於紙紮行業發展，夏師傅的家人也非常支持。

在尋找師傅的過程中，很多手藝精湛的師傅拒絕了他。由於夏師傅的舞獅家族每年都會訂製大量獅頭，一隻獅頭

夏中建師傅

價錢昂貴，每年要購入的獅頭約三十至四十隻，很多師傅都因為害怕若教授了他，會變相少了很多獅頭生意。後來找到被稱「花燈大王」的梁有錦師傅[1]願意收徒。夏師傅說：「梁師傅非常豁達，有些師傅認為教會徒弟後會少了生意，但梁師傅不講錢，是講究傳承的人，很願意教授後輩。因此當年我學師後，別人叫我紮花燈，都會推辭。」

學徒時光

夏師傅當年拜師要做的工作非常多，做學徒時日日夜夜操練、不斷做。有一次接到香港旅遊協會的訂單，要一次做九條龍，夏師傅不停紮龍，很快就熟能生巧了。提到梁師傅的教授方法，夏師傅說：「他很傳統的，只會教你如何去把一堆竹子紮甩或紮穩。師傅教的是一個方法，創意的部分就要你自己去處理。」

除了用竹紮外，有些大型作品需要用粗鐵線，要工具或機器將鐵線屈曲，甚至要用到燒焊，用螺絲鎖着，不用竹紮與砂紙紮穩的情況也有，因為要做到能開合方便。師傅說做高層紮作更要考建築師的認證，因此自己也掌握了很多複雜的技術，但他笑稱那些技藝平常是「花拳繡腿」，能派上用場的時間少之又少。

「紮獅頭龍頭是『倒模式』工作，不需要太多創意，要由零開始才是最困難的。」夏師傅會接訂製生意，雖然很多紙紮是他從未做過，但他也會認真研究，盡力達到客人的要求。紙紮品也一直隨着時代轉變，例如紙紮的電話、流行小食、時尚衣飾。夏師傅沒有徒弟，只有舉辦興趣班授課，問及師傅是否因為沒有人肯學，他坦言曾經有人拜師學了三個月就堅持不到放棄了。雖然如此，天寶樓的生意依然如昔，夏師傅以後亦會繼續堅持這份手藝。

---

1. 梁有錦師傅從金玉樓學師，金玉樓於六七十年代是世界聞名的紙紮店舖，其訂單遠至莫斯科和紐約等地。梁師傅後來創立「生和隆」，成為香港著名的「花燈大王」。

夏師傅的工具箱

柴刀

鏟刀

釘槍

剪刀

剪鉗

小刀

貼在木頭的唐尺

量尺

自製的漿糊
利用麵粉、白礬煮成的漿糊

熱溶膠槍
為了加快製作速度，會使用熱溶膠
或釘槍工具。有些材料不能太快
乾，則使用漿糊。

三根竹固定

紙紮品最重要的是要穩。師傅都做到非常快手熟練，把兩根、三根的竹篾快速紮穩在一起。

起頭打斜繞一圈、往另一方面打斜繞一圈、再打斜繞圈、再往另一方面打斜繞圈、這樣不斷重複交叉，最後尾巴黏上漿糊，完成。

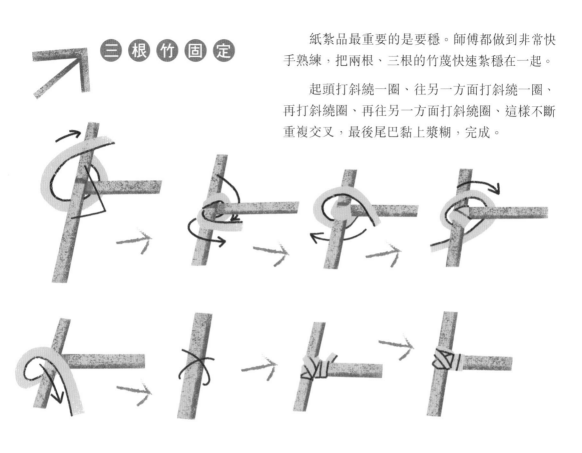

兩根竹固定

起頭先打斜繞圈、重複打圈、不斷重複打圈到尾段打橫轉，最後尾巴黏上漿糊固定，完成。

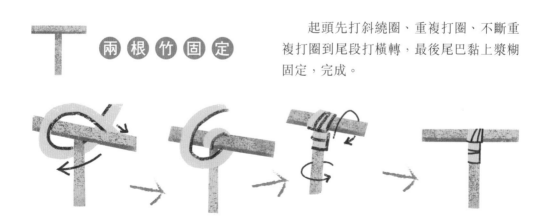

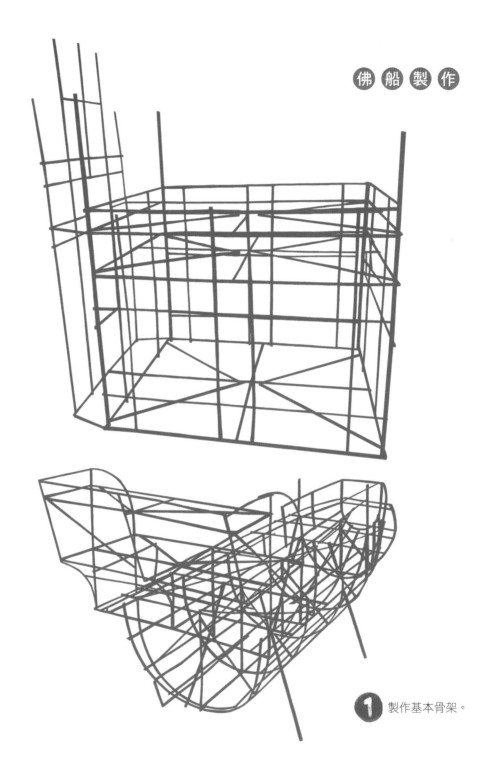

佛船製作

製作基本骨架。

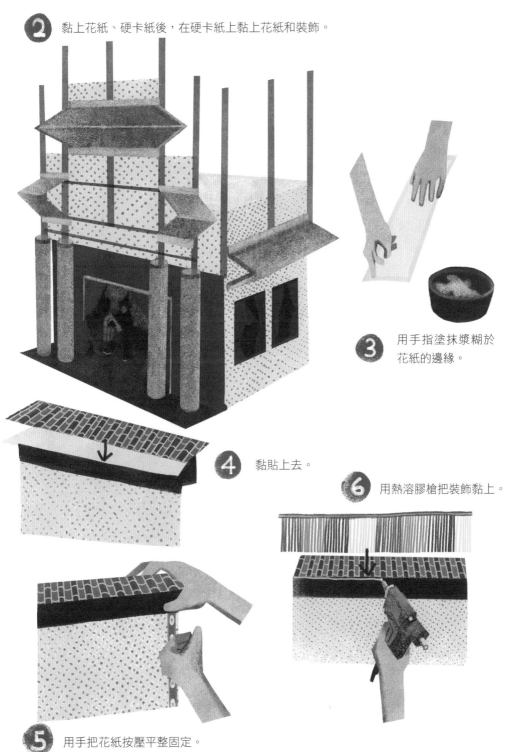

② 黏上花紙、硬卡紙後，在硬卡紙上黏上花紙和裝飾。

③ 用手指塗抹漿糊於花紙的邊緣。

④ 黏貼上去。

⑤ 用手把花紙按壓平整固定。

⑥ 用熱溶膠槍把裝飾黏上。

最後完成的佛船。

佛船的很多配件都是利用硬卡紙製作而成，再貼
滿花紙花邊與裝飾圖案。

機器印刷的花邊也很美，
平滑工整。

花邊

舊式的花邊是人手做的。會人手鑿孔、上
色畫花，雖然粗劣，但質樸，非常有質感。

紙紮的天分

於天寶樓扎作工作了三年的黃輝師傅，也在很多地方做紙紮，幾十年前創辦了「耀輝藝術紮作社」，他的名片上寫着：「專營各南北醒獅，金龍銀龍神誕花炮，社團會景飄色片場，影院打鬥道具俱備」，更提及做花牌、負責畫龍柱。黃師傅跟爺爺與父親學習，由小做到大都是做紙紮與電影道具，爺爺是做紙紮，父親是做電影的特別道具。之後電影道具行業走下坡，師傅轉行紮作喜慶事用的龍頭獅頭，然後再轉行製作先人祭品、中秋燈飾、花炮等。

「當時跟阿爺、阿爸學，望着他做的東西，自己推敲步驟，通常都能順利做到。」黃師傅說紙紮這門手藝是看天份，能不能想像到工序。提到做紙紮最考的功夫是恰當的比例，例如是將大型東西做成縮小，或將小型東西放大，就要思索紮的骨架，比例要正確。例如紮「大士王」（鬼王），若然手太長、頭太大、腳太短等等就會不好看。師傅要時刻觀察留意身邊事物，保持研究才能做到這些美麗的紙紮。

筆者稱讚黃師傅為人很謙虛時，黃師傅提到當年的前輩互相感情很好，會交流心得，大師們比他更謙虛。「現在香港大師傅已經很少，有很多年輕師傅技術不足。」黃師傅感嘆很多年輕師傅

急功近利、做不到好手藝。他亦不想收徒弟，因為紙紮功夫不是一朝夕就能學會，不是滿懷興趣的人，很難有耐性堅持下去。同時黃師傅認為紙紮行業前程窄，新人若然沒有認識客路很難謀生，同時要有真本事才能留住客人。上一代的師傅逐漸不在，後輩只餘下幾位。上一代的手藝精湛，雖然隨着時代轉變做法會有不同，可是現今手藝漸漸不如以往，未來逐漸失傳。

於一九六三年前已開業的寶華扎作，由歐陽偉乾師傅所創立，現今只剩下兒子歐陽秉志師傅經營。歐陽偉乾師傅當年在中山生活，後來來到香港工作，經親戚介紹到金玉樓學師，三年後開業寶華扎作至今。

魚缸

收音機

波鞋

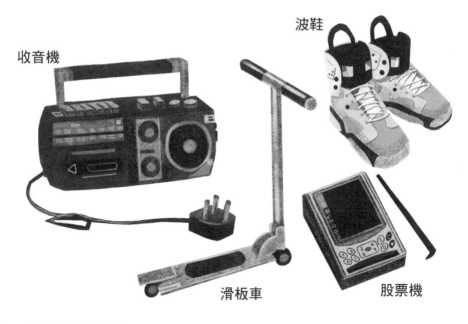

滑板車　　　股票機

歐陽秉志師傅製作很多像真紙紮
品：天文望遠鏡、舊式手機、魚竿、私
人泳池、滑板車、遊戲機、魚缸、魚蛋
粉、汽水機、水壺、球鞋等。這些全部
都難不倒師傅。

魚蛋粉

二胡

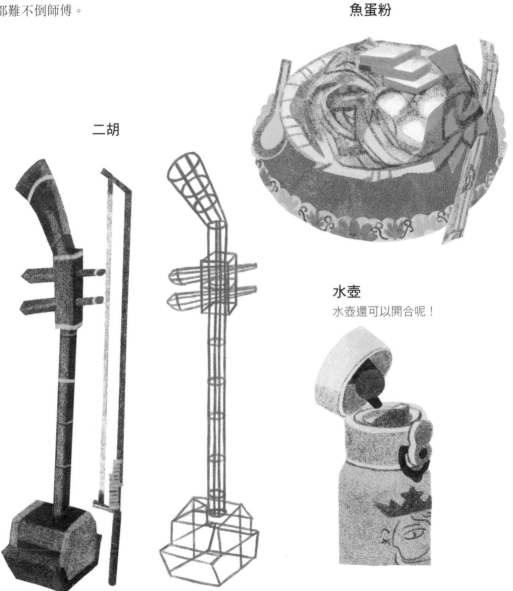

水壺

水壺還可以開合呢！

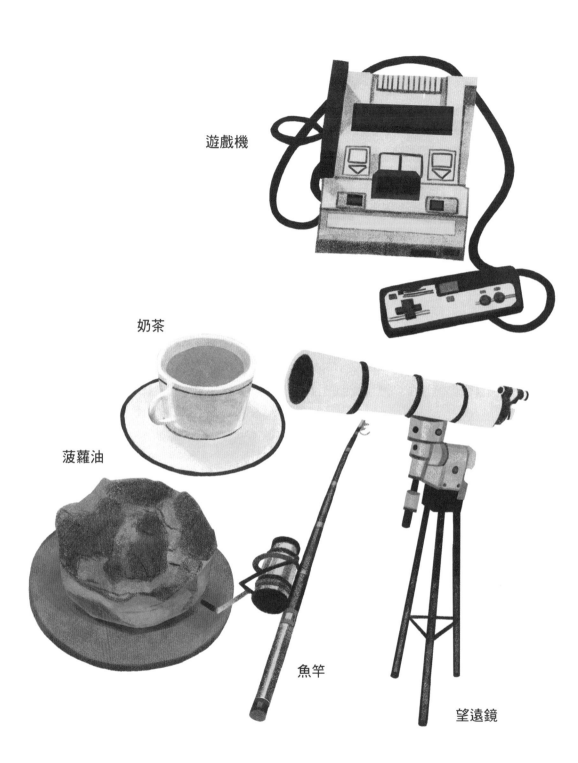

遊戲機

奶茶

菠蘿油

魚竿

望遠鏡

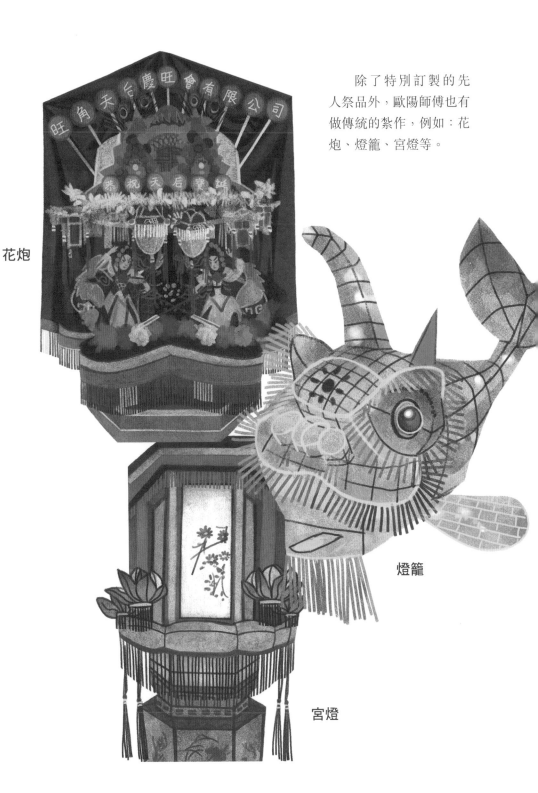

除了特別訂製的先
人祭品外，歐陽師傅也有
做傳統的紮作，例如：花
炮、燈籠、宮燈等。

花炮

燈籠

宮燈

跟多數拜師學藝的師傅們不一樣，歐陽秉志師傅全靠自學、無師自通。提到學習生涯，歐陽師傅覺得非常遺憾。「其實我不叻，我有別於其他紙紮行家，他們有跟師傅學紮作，和老前輩打好關系，在老師傅、老前輩身上學識很多技巧，之後才自立門戶，但我沒有。當年我一心自恃自己太子仔的身份，沒有留意老師傅精湛手藝，我爸沒有迫我，也不會主動教我，現在想起來真的有點後悔。」歐陽師傅提到，當年寶華扎作主要以紮龍獅為主，可惜自己並沒有跟師傅好好學習。如今有所成就，都是最近十年靠自己摸索回來。

「紮獅紮龍就像倒模形式，所有紮法都一樣，只是在裝飾上變化一下。現在雖然會苦惱如何紮出優良的紙紮品，但同時也很有挑戰性，自然興趣也大大提升。」

歐陽師傅小時候在店舖幫忙，當時有幾位老師傅在店內，他最初幫忙送貨、裝飾，漸漸地自學做自己喜歡的東西。歐陽師傅做了當時流行的跳舞氈掛在店門外，受到傳媒關注，很快地報道了店舖，引來很多客人和生意。之後歐陽師傅請教父親，學習紮作楊桃，學習基礎的紮作手法。直到現在，歐陽師傅持續研究不同的製作。

欧陽師傅的工具箱

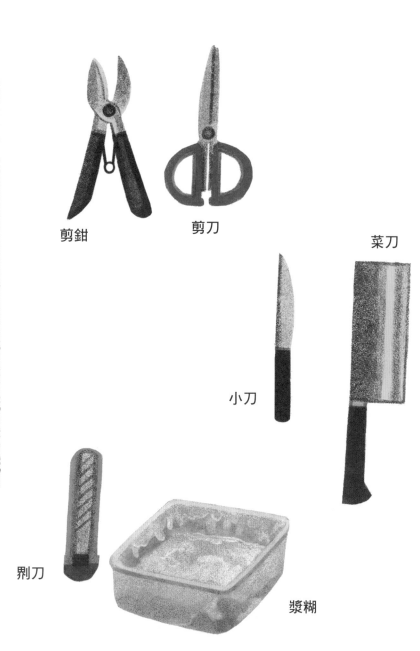

剪鉗

剪刀

菜刀

小刀

剝刀

漿糊

竹紮

② 把竹條背面凹凸不平位置削平。

① 剪出少許開口,用刀切開竹條。

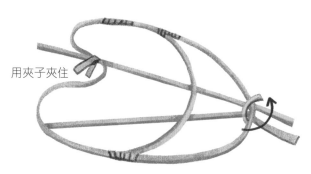

用夾子夾住

③ 一邊用夾子夾住固定黏上漿糊和以砂紙紮上。

④ 綁完所有連接部分後剪掉多餘的竹。

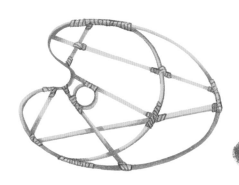

⑤ 骨架完成。

畫架

畫筆顏料全部也是用紙做的。

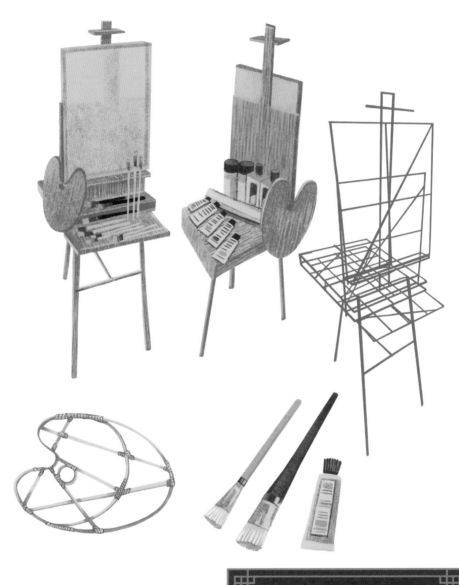

寶華扎作

地址：深水埗福榮街 2D 號舖

電話：2776 9171

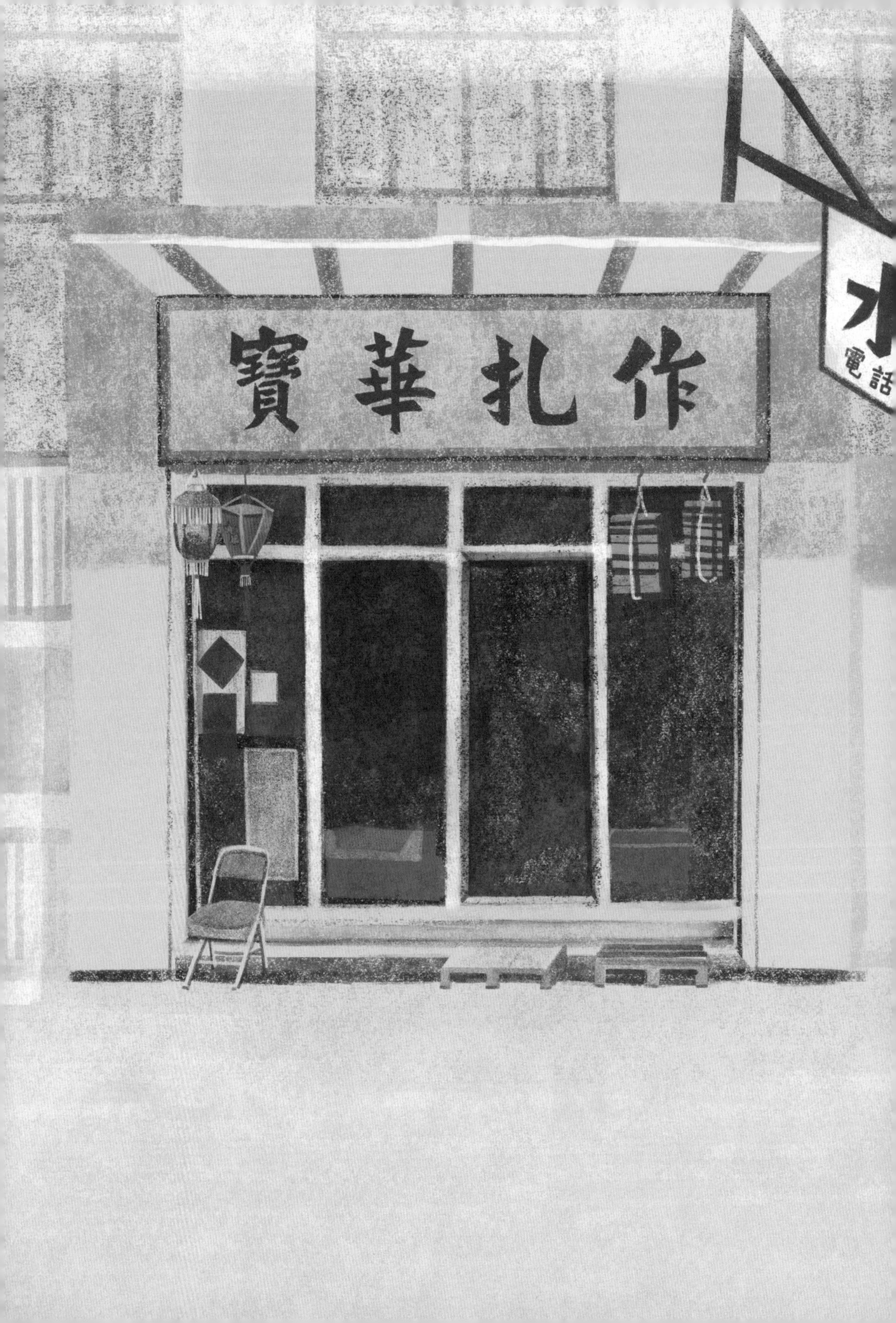
寶華扎作
電話

後記

在訪問天寶樓的黃輝師傅時，他一邊解釋着手上在做的事情，一邊說着：「教唔到㗎」、「唔知點教」、「你話要點教」之類的話。師傅雖然從小動手做紙紮，但都是靠自己慢慢摸索，不能單單倚賴前輩師傅一步步教授。

現今社會，大部分教學都由認可機構開設課程，導師有系統地授課，學生也有統一公式、看着書本來學習，完成課程後便會得到證書。然而紙紮是沒有正式課程、牌照，更沒有所謂的就業保證。行頭之小，又不需要太多人從事這行業。另外時代不斷轉變，過去賣的紙紮品，將來可能會過時。我想着，或許很多師傅不收徒弟的真正原因，是覺得自己力有不逮，又無法保證給予徒弟就業機會，為免誤人子弟。遺憾的是，在這個城市中，大部分與文化、藝術相關的工作，都是極具意義，卻難以維生的。

回想過去，當時大部分人都是因為維生，為了憑雙手賺取三餐溫飽而學師，現今的工藝已經漸漸失卻了它的市場，變得只剩下「文化」和「藝術」的光環。筆者認為，它們本身有着很大的魅力，是其他東西無法取代的，就是這種魅力讓師傅們堅守着，將下半輩子都投入其中。

慢工細作

麻｜雀｜雕｜刻

每逢農曆新年，總喜歡約親友打麻雀打個夠本，打麻將的「劈哩啪啦」，加上談天說地的聲音，滿室充滿熱鬧的氣氛。麻雀又稱麻將，是一項中國傳統的棋牌類遊戲，在未有機器大量製造的年代，我們手上的麻雀都是由師傅們的巧手一刀刀雕刻、上色，他們對原料和製法都十分講究。於佐敦一帶的唐樓樓梯底，現存歷史悠久的樓梯舖「標記蔴雀」，除了販售各種麻雀工具、賭博工具，在此還能夠見到師傅拿起雕刀，俐落而細心地製作手雕麻雀。

　　「標記蔴雀」店主張順景師傅（景叔）從事麻雀雕刻約五十年，在童年時期每天讀書放學後、做完功課、吃完飯，就會到店舖幫忙。最初只是幫忙打雜，負責麻雀上色，他一有空就學雕刻。過去的店舖有很多舊牌，別人會拿用久了的麻雀過來買新牌，新牌便可以便宜一點。景叔十多歲就拿舊牌學雕刻，最初常常刺到手，最怕的是雕筒子，製作筒子需要使用木鑽，雕刀的軸心很幼，一不小心用力就會移位斷掉飛出，鐵片插到手很痛，他更試過有一次止不住血。

「標記蔴雀」是取自景叔父親的名字，景叔的祖父、父親亦是做蔴雀行業。祖父從廣州到香港九龍都是製作蔴雀工藝，當年沒有打磨蔴雀的機器，蔴雀原料鋸好後，分別使用粗幼砂紙、樹葉、海棠粉由粗到細打磨，師傅認為幼砂紙不夠細緻，樹葉容易破爛，偶而就會拿着蔴包袋上山摘樹葉，曬乾後再使用。做打磨工作非常辛苦，把手背磨到生厚繭失去感覺，才不會感覺痛。

　　後期出現打磨機器，祖父也退休回鄉，景叔便與父親父子檔做雕刻蔴雀，把店舖一直做到至今。

張順景師傅

黃金年代

　　景叔憶述六七十年代，當時流行打麻雀，店舖生意非常好，日日不停做。以前很流行每過年就換一副新牌，師傅們於過年前三四個月就已經準備之後的訂單。過去懂一門手藝不愁搵食，雕麻雀師傅一天可以做兩至三套牌，外國人來一買就一百多套牌，所以大間的麻雀店有六七個師傅工作，沒位置再請人的就給外發，拜托其他師傅幫忙做。

　　後來八十年代出現大量快速生產的麻雀的機器，使手雕麻雀開始衰落，加上香港人生活忙碌，有了其他娛樂活動，漸漸少人打麻雀，現今人們都傾向使用手機玩麻雀遊戲。後期更出現電動麻雀枱，麻雀館紛紛改用，手雕麻雀規格上不能使用於電動麻雀枱，漸漸沒落。

圖左為機製麻雀，右為手雕麻雀。想要辨認機製和手製其實不難：機製所刻的筆觸圓潤、線條變化不大，因此密集的筆劃下會顯得「糊」、雕刻也比較深。從手雕麻雀觀察到，師傅的手雕刻刀是方的，所刻的筆觸不會圓，線條充滿變化，雕刻相比之下比較淺。

機器製作只有一個模，每一隻麻雀都工整沒有偏差，雕刻紋理非常深，所雕刻出的文字與圖案比較糊。而手雕的麻雀刀法的線條粗幼有變化，能夠看出筆法筆路。雖然不能做出百分百一樣，也正因如此，師傅每筆每劃都有着細微調整，使其做到整套的麻雀整齊工整。而每一位師傅所雕刻的文字風格不同，景叔說在以前行業昌盛的年代，能夠分辨出哪套麻雀出自哪一位師傅的手。

景叔由原料開始，每一步都絕不馬虎。原料是使用德國的壓克力，好的原料耐用、沒有揮發味道、較硬，景叔感嘆香港售賣原料的店只剩一間，倒閉就不再有了。

時至今日，標記麻雀店內也有售賣機器製麻雀，不過景叔只售賣品質較好的，有些揮發性化學劑味道的便宜麻雀，放在店內或是

各種麻雀

給客人使用對身體都不好，景叔說不會售賣。

　　過去還有售賣象牙、牛骨與竹製的麻雀，也順便入貨象牙筷子。牛骨與竹製的麻雀是入榫拼合的，由於牛骨密度不足，這種材質的上色顏料需要使用特別調製，不然畫上牛骨會化開，製作方法是煮溶牛皮膠到水狀，加上色粉製成。

　　十多年前手雕麻雀已經沒落，景叔一年只能賣到一兩套。幸虧於四五年前開始與社企合作開辦手雕麻雀工作坊，多了媒體報道和推廣，更多年輕人認識到手雕麻雀、懂得欣賞，找景叔訂製。現今店內生意四成是外國人，香港人也多，但現有的製成品已賣到七七八八了。景叔說未來或許不再流行手製工藝，他也不會找人繼承，雖然這個行業早就不能謀生，不過他仍會繼續做到最後。

標記蔴雀
地址：佐敦道 26 號地下金誠大廈 3 舖

麻雀雕刻工具箱

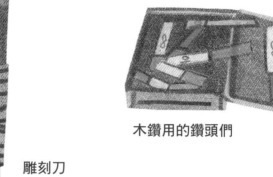

木鑽用的鑽頭們

雕刻刀

製作天九的鑽頭

製作籌碼的鑽頭

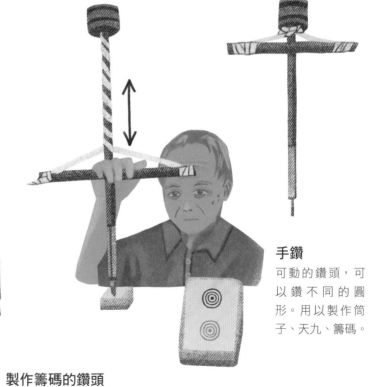

手鑽

可動的鑽頭，可以鑽不同的圓形。用以製作筒子、天九、籌碼。

圓規
用來拉白板用的，有些拉
不好的再用刀雕刻。

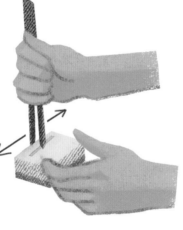

鏟刀

手掃漆和毛筆

起 稿

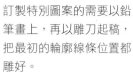

訂製特別圖案的需要以鉛
筆畫上，再以雕刀起稿，
把最初的輪廓線條位置都
雕好。

 雕 刻

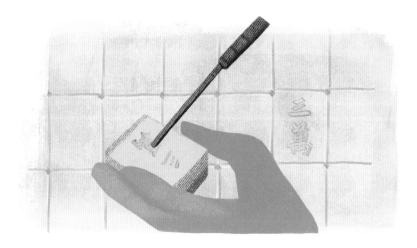

一邊雕刻一邊調整線條，完成雕刻。

上色

抹上滑石粉

滑石粉

塗抹滑石粉，再以手掃漆
上色。由於藍色比較難乾，
師傅會由藍色開始上色，
再上綠色與紅色，等乾透
後用剷刀剷走圖案外的顏
料。再檢查後完成。

燈箱

師傅自製的燈箱，晚上使用照明便
於雕刻，燈箱可以調整光暗。在冬
天寒冷的日子，因為燈箱是用鎢絲
燈膽的，每逢開着便會熱烘烘，師
傅會禁不住把手放上取暖。而麻雀
牌因為質地很硬，景叔會放四隻在
燈箱上烘軟一點再雕刻。

後記

在接觸到手雕麻雀之後，筆者才發現麻雀上精緻的圖案、工整美麗的文字原來有可能是手雕的，而且每一位師傅的風格各有不同，不像機器製作的款式單一，每一雕一刻都是經過長時間的調整，有手作的風味。在現今社會充斥着大量機械生產成品，在享受這種便利後，我們同時失去了細心觀察事物的能力。一隻隻微小的麻雀，上頭的紙樣花紋，居然可以做到這樣有細節、有要求。看着師傅剛打開新的原料，在起稿前多次檢查每一隻麻雀的各個表面有沒有刮花；做好了的麻雀也會再檢查，不接受任何的瑕疵；那個過去的年代對工作的講究，是現今時代所缺乏的，不由得叫人衷心尊敬。

筆者在許多年前參加過手雕麻雀工作坊，單單是拿着雕刻刀已經難以控制力度，每每都刻到出界、歪掉，甚至差點剐到手。只是做一隻就這樣困難，師傅卻是輕鬆地就做好一隻又一隻，更不用說字有多工整了。

雖然近年多了人購買手雕麻雀，但師傅說以後可能不再流行了，言談間像看開一切。儘管手雕麻雀會在未來消失，筆者也推薦各位去了解或親身體驗一下這個工藝，相信會令你驚訝當中需要的技術和細心。

異彩

光芒

霓｜虹｜燈｜牌

夜幕低垂，都市人結束一天勞累的工作，城市本應迎接黑夜，但在香港卻可以看到燈光景色愈夜愈亮。走入被光充斥的鬧市，抬高頭能看見不少的發光招牌，眾多餐廳食肆、酒樓、藥房、銀行、當舖、娛樂場所令人眼花繚亂，淹沒在發亮的文字海洋中。霓虹燈不知不覺成為了一個地區的路標，成為與城市的一個連結：佐敦的「泰林」、灣仔的「龍門大酒樓」、西環的「森美餐廳」等，在拆卸之後依然長存人們的回憶中。

　　霓虹燈於二十年代傳入香港，七八十年代霓虹燈林立，直至二〇一〇年代霓虹燈日趨漸少。霓虹燈製作分為不同工序，由多位師傅合力完成：設計畫圖、製作光管、搭棚師傅、製作和安裝招牌鐵箱、安裝光管、還要油漆師傅為招牌上漆。在本章中，將會介紹製作霓虹燈的光管師傅，及師傅接過設計圖後如何燒光管、屈光管。儘管霓虹招牌依然深受歡迎，但此行業於香港已日漸式微。

霓虹燈歷史

　　霓虹燈是為化學名稱「Neon」（氖）的音譯而來，因為早期霓虹燈光管所充入的為氖氣，而「霓虹」兩字亦有「彩虹」之意。

　　十九世紀後半葉，興起有關真空技術與氣體放電的研究。一九一〇年法國科學家 Georges Claude 製作出世界上第一支商業性質的霓虹燈，於巴黎的皇宮大廈作裝飾照明，並於一九一五年獲得霓虹燈專利。最初的霓虹燈是使用透明無色的玻璃管製作，後來三十年代中期發明了螢光粉，使用螢光粉管製作霓虹燈。

　　後來霓虹燈於二十年代傳入上海，於港口城市發展興盛，很快遍及全國。香港亦於二十年代開始傳入霓虹燈，一九三二年設有首間霓虹工廠「克勞德霓虹公司」，其後五十年代發展蓬勃，大大小小的霓虹招牌與霓虹公司屹立，直至九十年代出現發光二極管（LED），使霓虹燈行業開始衰落，加上工廠北移，到二〇一〇年政府全面實施「小型工程監管制度」，積極拆除違例招牌，香港霓虹招牌寥寥無幾。

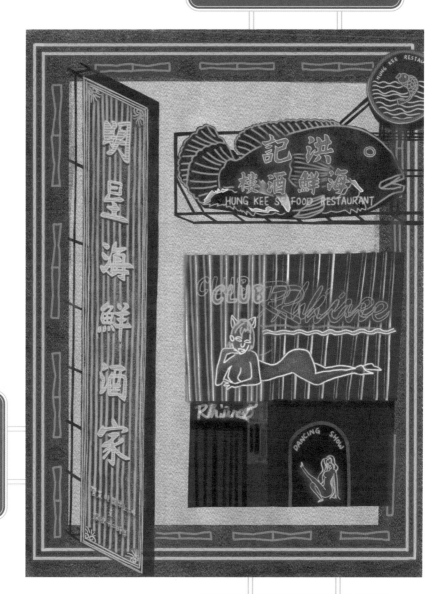

緊貼於建築物伸出橫向招牌：洪記海鮮酒家，位於西貢海旁廣場兆日大樓

緊貼於建築物垂直安裝的招牌：明星海鮮酒家，位於大圍大圍道 1-35 號

於門面裝飾在一起的招牌：萊茵酒吧，位於灣仔駱克道 147 號

於整棟大廈牆身的大型招牌：泰林，位於旺角彌敦道 310-312 號

同豐大押，位於灣仔軒尼詩道 311 號

利工民金鹿線衫，位於旺角上海街 505 號

森美餐廳，位於西營盤皇后大道西 204-206 號（已拆卸）

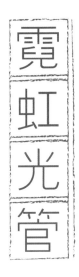

　　香港僅存的霓虹燈師傅胡智楷，差不多十八歲時入行，曾於南華霓虹燈電器廠工作，現已製作霓虹燈三十多年。話說當年，胡師傅說：「在我十七、十八歲的暑假，爸爸說不如做下暑期工，於是到爸爸工作的霓虹光管公司上班。當時只是打算只做暑期工，不過公司老闆很希望能有更多年輕人入行，當年公司也有十個八個年輕的師傅，老闆給我很多機會，於是就入行直至現在。」

　　在一般的霓虹公司通常都分為兩個部門：製作光管與裝嵌光管。胡師傅跟父親的工作不同，胡師傅是做製作光管的師傅，而父親是做裝嵌光管的師傅，專門將霓虹燈帶到現場安裝。

　　霓虹燈的生意蓬勃，八十年代，當時任何地舖大都有招牌：餐廳、酒家、銀行、娛樂場所等。若公司規模大，所用的招牌更大，所以建築物上有很多霓虹燈廣告位，例如煙草商。以前政府沒有規管，想掛上招牌，只要大廈業主肯首便可。一個優質的霓虹招牌可以擺放幾十年，非常耐用。

　　自從出現 LED 燈泡並漸漸普及後，大大減少了霓虹燈的生意。另一方面，在九十年代開始，部分霓虹燈公司把製作光管的工序轉移內地製造，製作完成才運送到香港安裝，變相於香港製作光管的師傅越來越少，年輕人更加難以入行。有些師傅因為生意少，乾脆轉行了。

　　如今香港只剩下六七位製作光管的師傅，問及胡師傅有否收徒弟，師傅說自己有兩位徒弟，惟他們都有正職，未完全學懂製作，而且心底知道這行業式微，往後也不會有太多工作，徒弟亦只是為了興趣，只有在工餘時間才來學習。

招牌製作工序

　　一個招牌細分為不同工序,每個部分各自由不同師傅負責:設計畫圖、製作光管、安裝光管、搭棚師傅、製作和安裝招牌鐵箱、做完還需要油漆師傅為招牌上漆。一般的霓虹公司通常都分為製作光管與裝嵌光管兩個部門,其他皆為外判。客人在下單前另外請人畫圖設計,將手畫稿交給霓虹公司完成製作。

霓虹燈原理

　　霓虹燈的原理為氣體放電發光，在玻璃管上加入或不加入汞（水銀），以真空泵抽去玻璃管中的空氣，並放入通電後會發光之氣體，不同玻璃管上的螢光粉和汞（如有）互相影響能生成各種顏色。

　　霓虹燈使用「氖」和「氬」氣體最廣泛，氖氣能發出紅色光，氖氣發出的紅色光波長高，可視距離比其他氣體為高。亦因此於陰霧彌漫的天氣中，依然能遠處看見紅色的霓虹燈。而氬氣能發出藍色光，有效地降低燈的啟動電壓與維持正常電流，也相比為便宜。其他氣體為「氦」、「氪」。

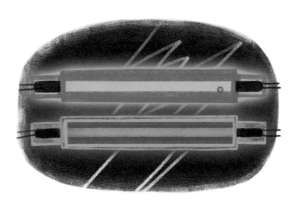

紅色和藍色的霓虹燈

製作步驟

燒製用的十孔火槍、
雙頭火槍

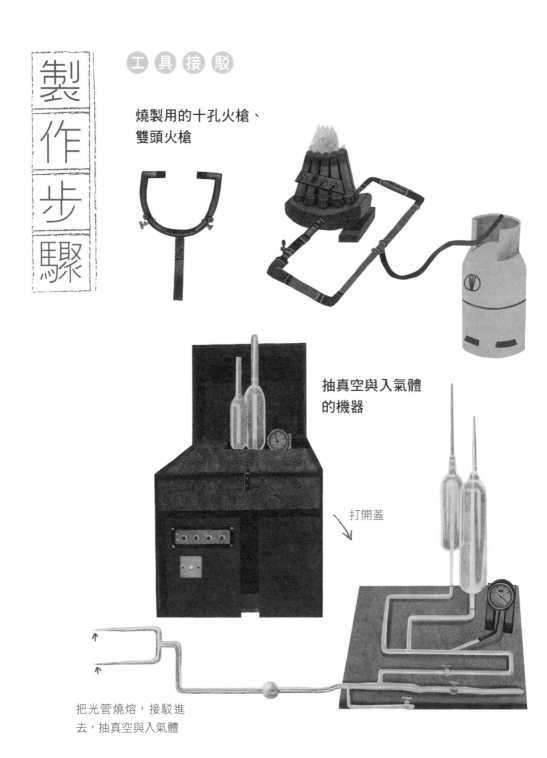

抽真空與入氣體
的機器

打開蓋

把光管燒熔，接駁進
去，抽真空與入氣體

燒好的光管正面反面

1 製作前需要畫一比一的設計圖，將圖反轉背面再製作光管。因為光管是立體的，這樣可以令正面為平面，凹凸不平的則在背面。

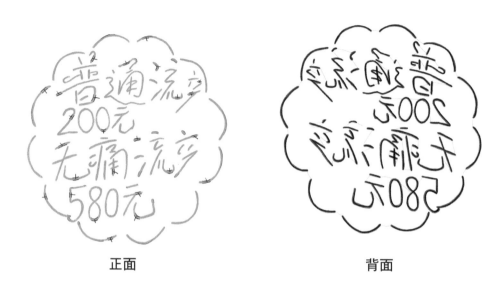

正面   背面

2 量度好要做的圖所需的長度，也要留好燈頭位，挑選需要的光管長度及粗度。原料玻璃管一支四尺長，有分各種粗度，一般香港招牌為 8mm 至 20mm，大多使用 8mm 至 12mm，粗度是以圖來決定。玻璃有分含鉛、沒有鉛，硬度不同，香港一般不會用太硬的玻璃，普通使用含鉛的玻璃。

③ 用粉筆畫在光管上，記下要
燒的位置。

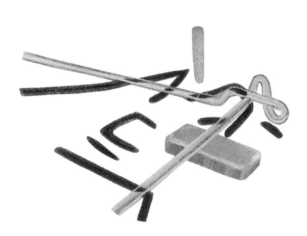

要如何屈曲才能呈現出最後的成品，每
一位師傅的方式都不一樣。畫圖師傅不
會考慮一筆一筆之間如何去連接、屈光
管的先後次序，光管師傅以自己的方式
去分析，以盡量少連接、容易做的方法
去屈曲光管。

④ 屈光管：開啓十孔火槍，塞着一邊玻璃管，一
邊塞上軟膠管，燒熔玻璃屈曲，屈曲後於軟膠
管吹氣。玻璃管燒熔後會變扁變長，一定要用
管吹入空氣吹漲才能回復原來的粗度。

駁光管：屈好光管後，師傅會使用
雙頭火槍燃燒兩邊光管頭，燒熔後
將兩支光管接駁，再吹氣。

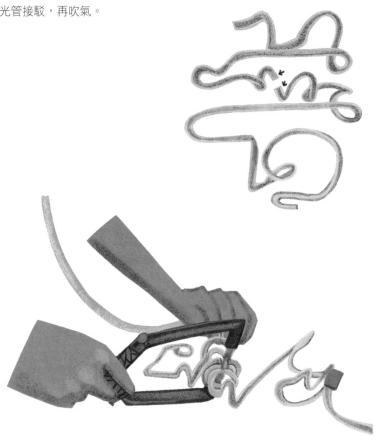

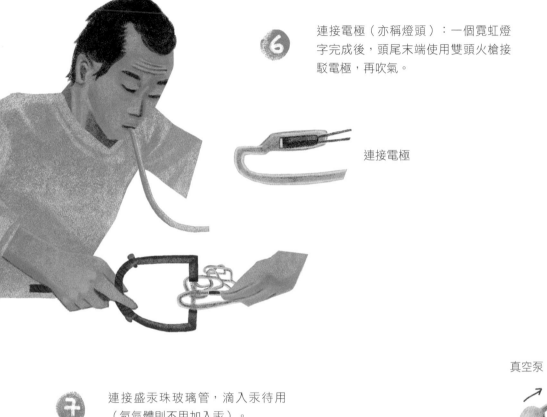

6 連接電極（亦稱燈頭）：一個霓虹燈字完成後，頭尾末端使用雙頭火槍接駁電極，再吹氣。

連接電極

7 連接盛汞珠玻璃管，滴入汞待用（氖氣體則不用加入汞）。

8 連接去真空泵。

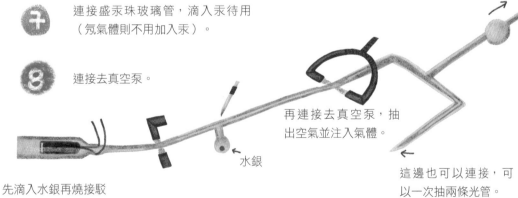

真空泵

再連接去真空泵，抽出空氣並注入氣體。

水銀

先滴入水銀再燒接駁

這邊也可以連接，可以一次抽兩條光管。

在玻璃之間攝入雲母片隔熱，駁上電線。

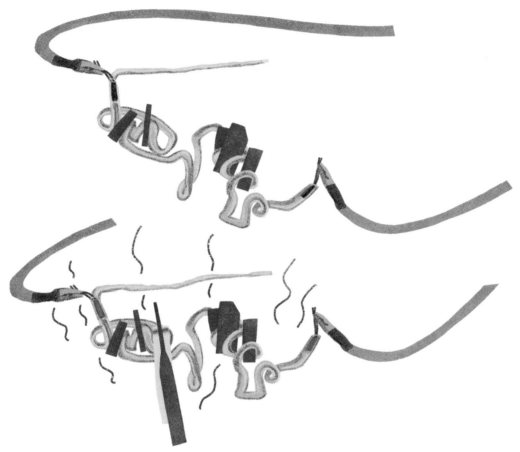

 光管上放上小紙片，通電，加熱光管至差不多二百五十度（燒焦紙片）。

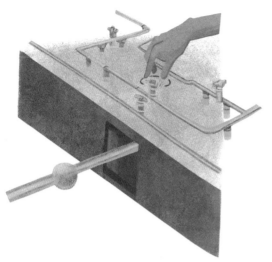

 開啟真空泵抽真空，之後測試通電，不發光的話就代表是真空了。

 加入氬氣體。

 分開真空泵和光管並保持封閉。

等光管冷卻後，最後再倒入汞，再分開盛
汞珠玻璃管。（汞加熱會化成氣體）

水銀

電極

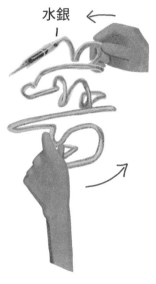

水銀

把汞顛倒使
 其兩邊電極
接觸到汞。

光管的製作完成！之後通電光管一定時間，
等到發光顏色統一穩定才能安裝使用。

油漆

最後再把不要看到發光的
部分油上油漆（瓷油）。

後記

　　昔日的香港街道，入夜時分充斥的霓虹燈光，五顏六色，即使到遠處、陰雲遮蔽之天氣仍能看到發光的霓虹招牌，那光線帶給人一種溫暖的感覺。到現在閉上雙眼想像着霓虹，有一種模糊的紅色霓虹燈光，與街燈和店舖的燈光不同，霓虹燈發散之各種濃烈的顏色，對我來說有種撲朔迷離的神秘印象。

　　在認識到霓虹燈如何製作後，才發現這不但有工藝上的學問，在設計上圖案與文字的學問與演變，當中的發光原理也是非常有趣，這反映着時代科技的進步和變化。霓虹燈日趨漸少，二〇一〇年開始，屋宇署清拆不合規格的霓虹燈。在被拆走之後，大眾才驚覺這些霓虹招牌是有價值、重要的，甚至有些早已成為地標，成為香港人的集體回憶。在筆者翻查資料後，才發現霓虹燈資料如此的少，找不到畫圖的師傅，找不到已消失的霓虹招牌。對於發展迅速的香港，有多少東西能保育下來呢？未來我們又能不能做些甚麼，令大眾更加珍惜自己地區的文化呢？

參考書目
1. 陳大華、于冰、何開賢、蔡祖泉：《霓虹燈製造技術與應用》，北京：中國輕工業出版社，1997年。
2. 陳大華：《中國霓虹燈藝術與工藝》，北京：中國輕工業出版社，2003年。
3. 郭斯恆：《霓虹黯色：香港街道視覺文化記錄》，香港：三聯書店，2018年。

輯 六

針

繡｜花｜鞋｜履

線

鞋子作為雙足的保護，讓人可以長時間行於地面上，可以走得更久更遠。後來紡織技術出現，出現各種面料製成的鞋子，以及於鞋子上作刺繡裝飾，不同種類的鞋、花紋、顏色各代表不同身份與民族。以往所有中國傳統女性從小都要學習刺繡，製作繡花鞋是古代女子的必備技藝。

繡花鞋於歷史上從不缺席，自春秋時代起，特別於唐朝，鞋履是不論男女、各個階層皆穿着的，尤其盛行女性的繡花鞋。而到了宋朝，纏足文化由貴族傳到民間，人們產生了「女人應該穿着小而尖的鞋子」的審美觀，女人從小就需要纏足妨礙生長，保持腳型控制於小於三寸，稱為「三寸金蓮」。一直到民初時期解放，有了各種尺寸的繡花鞋，人們穿着洋服、上襖下裙或旗袍，或以中西合璧風格互相配搭，配搭穿着繡花鞋或高跟鞋。

五十年代大量內地人偷渡來到香港，當中有不少來自上海的師傅，也將各種技術如裁縫、理髮、修甲等帶來香港，繡花鞋以及製鞋技術也是其中之一。六十至七十年代為製鞋業最興盛時期，各種鞋業生意蓬勃。七十年代開始人們盛行穿着高跟鞋配搭洋裝、旗袍，一九七八年內地實施改革開放，製鞋業也紛紛搬至內地設廠，轉變成機器生產，手工製造行業漸漸式微。

直至現在，社會盛行歐美日韓風格的服飾、鞋款各式各樣，人們穿着波鞋、高跟鞋、皮鞋、平底鞋，而繡花鞋則顯得太搶眼難以配搭，時代亦傾向簡約的款式，幾乎再沒有人在日常生活中穿着繡花鞋了。

先達商店

香港尚有不少繡花鞋店，但能夠做到「香港製造」的就買少見少了。先達商店是少數能保存手工製作繡花鞋工藝，更由繼承人管理的繡花鞋店。先達商店由 Miru Wong 的爺爺王達榮先生創立，Miru 是鞋店第三代年輕師傅，店舖仍然販售全手工製作的繡花鞋。王達榮師傅由年輕開始就做鞋，他在鞋廠工作時負責生產皮鞋及各種女裝鞋，當時遇到很多來港生活的上海繡花鞋師傅，使王師傅接觸到繡花鞋工藝。此後王師傅在路邊擺賣、租用樓梯底柱子售賣自己製作的鞋履，也從事不同的散工以賺取本錢，終於在一九五八年，於佐敦區彌敦道的樓梯舖開業，後來該座唐樓被拆卸及搬遷，便遷至同樣位於佐敦的寶靈商場至今。

平易近人的繡花鞋

王師傅當初期望可以做一些比較便宜、大眾化的繡花鞋，他在鞋廠工作時，留意到女工都非常喜歡繡花鞋，奈何因為價錢昂貴，繡花鞋並不普及，只有富豪太太才有本錢購買，於是王師傅很想製作售價相宜的繡花鞋給基層女士。王師傅從拖鞋開始着手製作，利用新物料製作素面繡花拖鞋，而當年的「先達商店」也是做繡花拖鞋為主。全盛時期工場有三十多人，王師傅會做鞋履和刺繡，妻子專做刺繡工作，也聘請兼職工作。

直至開業十年後，社會開始崇尚西方時裝，步入七十年代，即使尚有人穿繡花鞋，不過由於高跟鞋的盛行，繡花鞋開始有過時的感覺。後來工廠北移，很多繡花鞋店的成品轉由機器生產，唯有王師傅一直堅持做到最後。王師傅以及老夥計年事已高無法開舖，就交由本職為設計師的兒子作為第二代繼承人，之後再交由懂得製作繡花鞋的孫女 Miru 接手至今。

繡花鞋是兩個工藝的結合——刺繡工藝和製鞋工藝，兩者同等重要。鞋子為「軀殼」，刺繡為「靈魂」。很多人只會注意到鞋子瑰麗的刺繡，其實一雙好鞋，除了美觀的刺繡，以及花紋傳統象徵外，鞋子耐用、舒適也一樣重要。

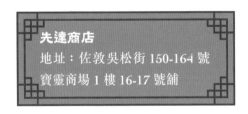

先達商店
地址：佐敦吳松街 150-164 號
寶靈商場 1 樓 16-17 號舖

先達商店的繡花鞋

鞋款大致分成繡花拖鞋及繡花鞋，繡花拖鞋大多為室內使用，有部分
比較耐穿和鞋底扎實的款式能夠在室外穿着，另有推出人字拖。繡花
鞋分為平底、船踭、高踭、靴款等。鞋子常見的物料為絹布，四季皆
宜，另外也有織錦、尼龍網、草蓆、絲絨、麻布、皮料等。

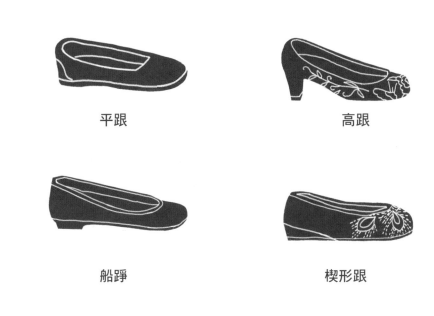

平跟　　　　　　　　　　　　　　高跟

船踭　　　　　　　　　　　　　　楔形跟

功夫鞋　　　　　　拖鞋　　　　　　人字拖

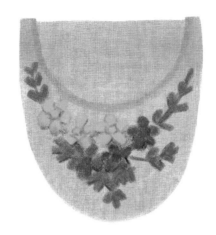

草蓆物料配上絲帶繡

珠繡

刺繡亦有分不同的工法，除了常見的絲線繡
外，還有珠繡、釘線繡、絲帶繡、十字繡等。

花紋

　　花紋主要為花鳥魚蟲瑞獸動物，花卉常見為牡丹、梅花、蓮花，鳥類如喜雀、鴛鴦、孔雀，魚類如金魚、錦鯉，並以花卉點綴，寓意圍繞着愛情、長壽、美麗、吉祥招福等。

典型「蝶戀花」的圖案

孔雀追花圖案

鴛鴦圖案

其他鞋履

小虎鞋
小孩穿的吉祥鞋子，
能夠辟邪驅鬼。

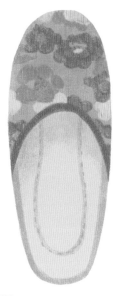

喱士拖鞋
這是當年王師傅做鞋的款式，當年盛行西
方衣裝，王師傅引入了當時貴價的西方喱
士，製作出這款拖鞋。

草蓆拖鞋

男裝拖鞋

過去與今

　　在製作不同的鞋款時，都要先製作鞋模。Miru 會根據客人需要而製作及調整各種鞋款，例如客人要求多點包腳的位置、鞋頭的寬點窄點等，都可以盡量滿足。Miru 説以前布鞋的鞋頭很深，是因為預留更多位置做刺繡，而當時鞋底和鞋墊都是使用布料製作，現今會用橡膠鞋底，鞋墊則使用不同皮料，並加入魚膠使其軟身及弧形，更合乎腳形。

鞋墊是布料

鞋底為布料縫製

鞋面較深

鞋墊使用皮料，有弧度更符合腳形

鞋面較淺

橡膠鞋底，有凹凸防滑

多層鞋墊，更有承托力

1
2
3

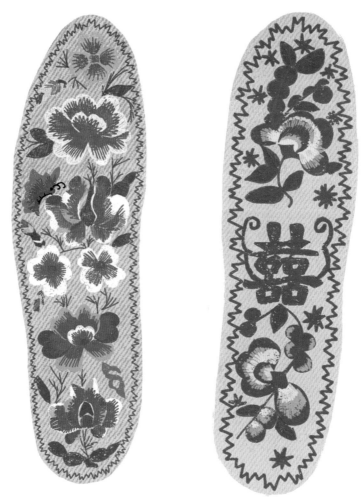

衣車繡的鞋墊

各地的繡花鞋

　　韓國繡花鞋以前都是配搭傳統服飾，花紋會比較多幾何圖形和花卉圖案，另外有獨特的韓國配色，顏色鮮明，鞋形也比較包腳。

　　台灣繡花鞋常見為鞋中間有一條線，左右邊有對稱的刺繡，布料比較軟身。近年很多年輕品牌與繡花鞋店合作，推出新式設計的繡花鞋。

繡花鞋連繫寶貴回憶

Miru 一家與創立先達商店的爺爺、嫲嫲、先達商店的一位夥計一同生活，從小常常見到爺爺嫲嫲做繡花鞋，漸漸感興趣。由小學約六七歲開始接觸刺繡，因為 Miru 常常直接用筆畫在鞋上，爺爺嫲嫲有見及此，便細心地解釋鞋子上的花紋不是用畫的，更教導 Miru 用針線刺繡簡單的花紋，之後很自然地就跟著去工場學習，而因為做鞋工序複雜，則到中學時候才學習。

Miru 在二〇〇〇年代就讀中學的時候，憑自己多年試穿繡花鞋的經驗，了解有哪些位置令穿鞋者不太舒服，就尋找新的物料，並選用防跣的壓紋鞋底，也選擇了比較厚身、軟身而有彈性的夾層鞋，微調了鞋款。小時候爺爺常常讓 Miru 穿鞋，試試鞋子的舒適度和如何改良，長大後則是 Miru 常常幫他們穿鞋。

在爺爺剛去世時，店舖面臨被迫遷，Miru 一家都感到很彷徨，只希望店舖能繼續做下去。在 Miru 家人接手店舖之後，她才體會到當中的艱辛，知道原來「堅持」不是一件容易的事。Miru 說：「以前每日見到爺爺，覺得他應該很喜歡做繡花鞋，開店舖只是想做一些輕鬆小生意，享受自己喜歡做

Miru

的事而已。爺爺雖然看起來很開心，但後來我才發現到原來開店是很辛苦的，即使如此，爺爺都不會流露出來，也不會強迫家人幫手。」

Miru 以前只想將爺爺的心血繼續延續下去，眼見很多忠實客人都很喜歡這裏的繡花鞋，如果結束營業會很可惜。從小到大，Miru 覺得店舖的存在是理所當然，但在快失去的一刻，才發現自己是真的很喜歡先達商店，這間店維繫了 Miru 一家人的關係，承載了任何東西都無法取代的感情。

畢業設計

最初 Miru 並沒有想過繼承先達商店，因為自小就在店舖幫忙工作，只是「幫手」的心態。

大學就讀視覺傳意學系的 Miru，畢業作品選擇了研究繡花鞋文化，也就是「先達商店」。Miru 重新塑造品牌，不只是改良商標，也有宣傳計劃、商品包裝，甚至構思工作坊讓客人體驗繡花鞋的製作。畢業作品順利呈交，更把整個計劃付諸實行。

Miru 翻查繡花鞋資料，發現歷史書大多篇幅都是寫衣服，也會講到頭飾、化妝等，可是鞋的介紹只有寥寥幾頁，刺繡鞋也沒人提及，繡花鞋在歷史書上都是處於配角身份。Miru 參照刺繡史和衣服史去互相對照，才整理出繡花鞋的歷史。她認為繡花鞋在歷史的發展上佔有重要的席位，可惜卻無人問津。繡花鞋被歷史學者忽略，是因為有階級斷層出現了：在廢除帝制後，繡花鞋的鞋款就再沒有跟着時代步伐走，只有一成不變的款式，而且繡花鞋的形象高級、精巧，只有有錢人會穿，平民百姓負擔不起一雙繡花鞋的價錢，繡花鞋成了小眾衣飾，便沒有寫進歷史的重要性了。

另外 Miru 做過調查，發現人們都不知道花紋所擁有的含意，亦不會在意花紋隱藏着的意思。甚至曾經有新娘來買鞋時，將龍鳳認錯作金魚。或者有客人會說繡花鞋只是待嫁新娘穿着的。種種原因，促使 Miru 寫書出版有關繡花鞋的書籍，介紹繡花鞋的歷史和花紋，記錄「先達商店」的故事。

融入潮流元素

Miru 認為繡花鞋之所以過時，主要原因是當外國時裝風格傳入香港時，繡花鞋沒能順應潮流推出高跟款。香港以往的鞋款都是平底、比較包腳的婆仔鞋、皮鞋等，賣點是舒適自在，走動時不會令雙足有壓力。但喜歡緊貼潮流的人會覺得高跟設計非常創新，除了能夠顯高、更能突出女性身體線條，姿態曼妙，這優點是平底鞋無可比擬的。

不過近年開始流行刺繡，例如波鞋、時尚大衣上都會有刺繡，外國人也接受。有見及此，Miru 嘗試將鞋款改良，添加現今流行的元素。

一開始實行的時候，她發現爺爺的設計實在太多，花紋也有幾百個，費了一番功夫才整理好。Miru 將爺爺以前的設計重新復刻，有些爺爺的構思，Miru 將其重現，重新配色，推出傳統與創新兩種類別的鞋子。

這款牡丹是經過重新配色,將爺爺的設計重
現,不同配色所用的刺繡方法都不同。

繼承

爺爺在年老後無法獨力開舖，但也不曾指名要誰繼承，只說想父親幫忙開舖，而他自己繼續工作下去。以前 Miru 一想到新款設計就會與爺爺討論，但爺爺有時就會跟 Miru 說：「你喜歡怎樣做就去做，不需要問我。」Miru 一開始不確定爺爺是沒興趣聽她的想法，還是支持自己的設計。直至在爺爺快過身的時候，他跟 Miru 說：「你喜歡怎樣就做吧，其實你問我，我真心覺得這些想法是很好的。」她才明白很多事爺爺雖然不會明說，內心對 Miru 卻是非常放心的。

在 Miru 的成長中，父親及爺爺都不會去限制她，也不會強迫兒女繼承店舖。Miru 的父親思想很開通，會支持兒女去做自己喜歡的事，自由發展。

即使如此，當父親決定幫忙接手店舖的時候，爺爺看起來非常開心，同時也很緊張和關心。有一次 Miru 於過年前旺季時，拿新鞋到店舖，當時店舖電話不停響，Miru 一接聽發現是爺爺打來關心生意如何：「怎麼樣？誰誰誰（熟客）有沒有來店舖？」之類的不停追問，可以看出爺爺的擔心緊張。然後新年期間，全家也休息下來的時候，爺爺總是聊店舖的事，內心仍心心念念着先達商店。

抄襲

在先達商店轉型成功後，也有不少難關要跨越。內地的繡花鞋工廠會抄襲 Miru 創作的款式販售，每次出新款都會被內地鞋廠照抄，甚至在香港也能見到抄襲品，而且售價非常便宜。

Miru 曾考慮過註冊商標，可是經過了解後發現要為每一款設計註冊，程序繁複，加上抄襲廠在內地，在香港註冊商標無法提告抄襲者。Miru 亦曾嘗試跟商店交涉，告知款式是抄襲品，希望對方停止售賣，惟對方只說不關他們事，他們只是入貨，不願意負上任何責任。

客人們安慰她，說 Miru 製作的鞋履舒適很多，機製的抄襲品是無法比擬的。但 Miru 感嘆，認為內地廠既然會抄襲自己，也必然會抄襲其他店舖製造的鞋，對整體業界造成非常負面的影響。

問及 Miru 有沒有考慮過轉成機器生產，她表示完全沒想過，自己無法想像機製的鞋子，而且質素太參差，品質上無法保證。Miru 製作的刺繡圖案會用於不同的鞋款上，鞋形都會經過調整，需要請師傅做獨特的鞋楦。而機製只有固定的鞋形，是無法像手製那樣靈活調節的。

Miru 嘗試設計的第一代新熊貓設計。
這款設計一推出馬上被抄襲。

另一款的熊貓設計。這設計引來「山寨版」
模仿，抄襲版為左右鞋履一樣的圖案。

現況

先達商店除了售賣各種繡花拖鞋及繡花鞋，還有接訂製及客製化生意。Miru 說：「近年多了客人會想參與製作過程，結婚的會特別多，例如是由客人做刺繡，再經師傅幫客人製成鞋，顧客主要想在鞋子上留下回憶。」

過去由 Miru 爸爸管理店舖時，並沒有出太多新款，加上因為鞋子耐穿，不易爛掉，客人都是一年或幾年才來一次購物，而現在對新興的款式需求很大，顧客需要多款式去互相配搭時裝，所以先達商店每個月都出新款鞋。

同時，不少海外客人也來光顧先達，Miru 曾到日本設 POP-UP 店舖，把繡花鞋帶到外國。Miru 更有繪製插畫，推出新潮可愛的鞋履及絲巾，為品牌注入年輕活力。

困難

時代變遷，不少香港的原材料舖結業，Miru 及她的爺爺原本都是光顧香港的材料舖，店舖一旦結業就要另找代替品。鞋底、內墊、鞋踭等都試過突然斷貨。Miru 憶起以前爺爺也多次遇到這種情況，需要重新找適合的材料。試過有一次童裝鞋楦爛掉，需要另找師傅製作，可是過去光顧的師傅已去世了，她又找不到其他懂得做的師傅。最後歷盡艱辛詢問到舊夥計的家人有認識做鞋模的師傅。二〇一九年，新冠肺炎疫情和香港政治環境改變後，更多材料舖因老闆移民而結業，不少的款式再也找不到。Miru 說：「有朝一日如果我不再做鞋，有很大機會都是因為找不到材料，再也做不到鞋子。」

學徒訓練計劃

以前 Miru 爺爺的年代有很多人做學徒，也有很多人想投身行業。如今行業式微，夥計相繼退休及過身，越來越少人做繡花鞋，工場只剩 Miru 一位師傅工作。Miru 很希望能找到有熱誠的人，因而實行「學徒訓練計劃」，先示範教導做鞋的工序，再約時間到工場做練習。由於做鞋需要一年時間或更長期的學習，學藝的時間很長、流失率很高，常常出現學員突然失蹤的情況。很多參加者自身都有正職，一開始都是說想加入店舖，最後大多都變成了不了了之。Miru 說：「可能是他們覺得不適合。」有學員以兼職形式加入店舖，設計花紋及製作刺繡，而 Miru 負責製成鞋履，並於店舖販售。他們做了很多新式的設計，例如是梵高的星夜、水果系列、可愛的老虎圖案等，都是創新而有吸引力的款式。

後記

　　訪問的過程中感受到 Miru 的熱誠，以及「先達商店」對她們一家而言是多麼重要。Miru 作為一位年輕人，可以繼承繡花鞋工藝、店舖，同時不斷改良、重塑品牌，實在不容易，除了生產與經營店舖，還在其他時間推廣繡花鞋，接受訪問，全心全意做着這份工作，可説是披星戴月地為繡花鞋奉獻。遺憾的是工場只剩下她一位師傅，她提及到學徒計劃都沒能找到人決心去做鞋、找材料的困難、近年疫情更使生意大受影響。

　　近年流行簡約風格，太繁重的裝飾像是「多餘」一樣，令繡花鞋也失去大眾關注。傳統繡花鞋雖然款式多，不過風格獨特，沒辦法能像一般波鞋可以配襯到多風格的衣着。筆者這次到先達商店也有光顧，有別於市面上的 S、M、L 碼，繡花拖鞋有更多碼數選擇，不同面料和鞋款闊窄適合不同需求與腳型，非常人性化。筆者過去也有買過數對台灣、內地的繡花鞋，覺得其實只要懂得配搭，也有很好的視覺效果。繡花鞋是很「特別」的鞋履，擁有其他鞋履所沒有的魅力。

　　筆者真心推薦大家到先達欣賞甚至解囊支持繡花鞋，不要等到消失後才去感嘆香港只有機製鞋。

參考書目

1. Miru Wong：《繡花鞋——先達商店第三代傳人述説繡花鞋的歷史變遷》，香港：紅出版，2016年。
2. 王冠琴、丁鼎：《北京非物質文化遺產叢書：繡花鞋製作技藝》，北京：文化藝術出版社，2014年。

守藝工匠 II
香港手藝匠人精神

Rain Haze 繪著

責任編輯　　朱嘉敏
裝幀設計及排版　Yu Cheung
印　　務　　劉漢舉

出版
非凡出版
香港北角英皇道 499 號北角工業大廈 1 樓 B
電話：（852）2137 2338　傳真：（852）2713 8202
電子郵件：info@chunghwabook.com.hk
網址：http://www.chunghwabook.com.hk

發行
香港聯合書刊物流有限公司
香港新界荃灣德士古道 220-248 號
荃灣工業中心 16 樓
電話：（852）2150 2100　傳真：（852）2407 3062
電子郵件：info@suplogistics.com.hk

印刷
美雅印刷製本有限公司
香港觀塘榮業街 6 號海濱工業大廈 4 樓 A 室

版次
2021 年 7 月初版
©2021 非凡出版

規格
16 開（230mm X 170mm）

ISBN
978-988-8759-38-5

鳴謝（排名不分先後）

胡智楷師傅
俞國強師傅
先達商店—Miru Wong 師傅
何忠記白鐵工程—何植強師傅
福利鋼鐵—何永燊師傅
幼稚園工作室—Melty Chan

榮基花牌—蔡榮基師傅
李炎記花店—李翠蘭師傅、黎俊霖師傅、
　　　　　　李嘉偉師傅
天寶樓扎作—夏中建師傅、黃輝師傅
寶華扎作—歐陽秉志師傅
標記蔴雀—張順景師傅